LES GENS DE BILBAO NAISSENT OÙ ILS VEULENT

MARIA LARREA

LES GENS DE BILBAO NAISSENT OÙ ILS VEULENT

roman

BERNARD GRASSET
PARIS

ISBN : 978-2-246-83196-9

À Victoria & Julian.
Pour Robin, Adam & Sol.

Prologue

On ne se souvient pas du moment de sa naissance.

Je ne me souviens pas de la mienne, de naissance. C'est impossible d'ailleurs, les structures cérébrales permettant de fabriquer les souvenirs sont immatures chez le nourrisson. Je sais simplement ce qu'on me raconte à ce sujet-là. *Mamá*, dis, c'était comment quand tu as accouché de moi ? *Pues como todo el mundo*. Eh bien, comme tout le monde. Une femme, un utérus, un fœtus, un nouveau-né à l'arrivée. C'est ça le trajet, le modus operandi dans ma tête d'enfant, d'adolescente et même d'adulte.

Je m'imagine une scène dans un hôpital ou une clinique. Une femme est allongée. Elle transpire, sa respiration est saccadée, elle a les jambes écartées en position gynécologique. Elle pousse fort, un médecin fond vers l'entrejambe et disparaît derrière un drap. On entendrait un cri primal.

Ce serait une fille.

Dans mon crâne de gamine, biberonnée aux soap-opéras américains, aux Jeudis de l'angoisse sur M6, aux Deux films sinon rien de TF1, à La dernière séance d'Eddy Mitchell sur FR3, c'est ainsi que j'ai imaginé pendant de très longues années ma naissance. Avec ma mère et moi-même comme protagonistes. Le tout en espagnol puisque c'est la seule information que j'avais. J'étais née un 2 novembre à Bilbao, en Espagne. Donc les dialogues de la scène seraient en castillan. Les r sont roulés comme il faut et il y a probablement quelques insultes anticléricales qui scandent l'affaire. Tout n'est que pure fantaisie et je comprendrai bien plus tard pourquoi. Pourquoi je voulais devenir réalisatrice.

J'avais une mise en scène en tête, un déroulé d'images qui raconteraient l'inconnu, ce trou béant, l'origine du monde. Pour le faire, je devrais apprendre le métier de réalisatrice. Je pourrais alors choisir de tourner un gros plan, longue focale, sur le visage de la femme en pleine délivrance.

Action.

PREMIÈRE PARTIE

"Is something wrong ?", she said
Of course there is
"You're still alive", she said
Oh, do I deserve to be ?
Is that the question ?
And if so, if so
Who answers, who answers ?

Pearl Jam, « Alive »

1

Le poulpe crachait encore une bave mousseuse sur les rochers quand Dolores s'en saisit.

Elle n'en avait pas peur, elle le tenait fermement à la jointure de sa tête et de ses tentacules. Il devait bien mesurer un mètre de toute sa longueur. Doucement, le céphalopode enroulait l'un de ses huit appendices visqueux sur le bras de Dolores. Pas un soupçon d'effroi ou de dégoût devant l'embrassade de l'animal. Elle marchait de la plage rocailleuse jusqu'au bunker de béton qui lui sert de maison. Dolores était bras nus malgré le froid de janvier, ce froid hivernal, humide et assassin des côtes galiciennes. Elle portait une légère robe à fleurs d'été parce qu'en vérité, plus aucun vêtement ne lui allait, son ventre de femme enceinte était prêt à exploser.

Une bourrasque se leva d'un coup et se mit à fouetter ses joues presque brûlées. Elle marchait les yeux mi-clos pour empêcher les grains de sable de se coller sous ses paupières lorsqu'elle passa le porche de la maison. Un rectangle de béton brut sans aucun ornement, aucune couleur, pas la moindre velléité de beauté. La maison était seule, battue par le vent, sur ce petit vallon près de l'océan et à un kilomètre du village de Gateira. Comment l'homme peut-il avoir si peu d'ambition architecturale ? Au rez-de-chaussée, il y avait une grande pièce à tout faire, un dortoir à l'étage. La bâtisse avait pour seule coquetterie une cour intérieure où séchait le linge et se trouvait l'autel des dignes maîtresses de maison de la région : un lavoir en pierre dans lequel Dolores battait le linge, le poulpe et son fils.

Alors qu'elle se mit à assener de gros coups de bâton sur la tête de la pieuvre, sa première contraction arriva. Elle reconnaissait ce qui se préparait à l'intérieur d'elle. C'était moins douloureux que lorsque Santiago la frappait, moins violent que lorsqu'il la pénétrait de force. Elle pria le Seigneur, la Sainte Vierge, Fatima et toute une suite de femmes martyres dans sa tête. Faites qu'il ne soit pas débile comme le premier. Qu'il puisse partir en mer pêcher la morue. Qu'il puisse me bâtir une belle maison de ses mains. Qu'il me défende lorsque son père osera lever le poing sur moi. Le poulpe agonisait. Dolores continuait son œuvre, elle le tabassait violemment. Les contractions s'accéléraient, on pouvait le deviner à la forme triangulaire que prenait le ventre de Dolorès et à ses lèvres soudain pincées en un drôle de rictus. Dolores ne voulait pas hurler. Au lieu de ça, elle introduisit ses doigts dans l'animal à la recherche du trésor noir. Les yeux au ciel, seulement guidée par le toucher, elle sourit : elle avait trouvé le magot. Avec l'index et le pouce, elle ressortit délicatement la glande nacrée et transparente contenant le délicieux jus sombre. Elle restait concentrée pour ne pas la percer mais une nouvelle contraction la fit chanceler. La tension électrique dans son corps lui tordit les mains. La poche éclata et répandit l'encre noire sur ses doigts et ses jambes blanches.

Elle hurla, *¡ Jesús !* Elle n'invoquait pas le fils de Dieu, non, mais le sien de fils. Jesús, cinq ans, sourire d'idiot et gueule d'ange. Il ramena sa fraise devant elle. Son visage était sale mais arborait l'expression heureuse de l'enfant enfin appelé par sa mère. Elle l'envoya chercher la voisine. *¡ Date prisa imbécil !* Jesús se mit à courir.

Pour les attendre, Dolores s'installa à l'intérieur, mit de l'eau à chauffer, défigurée par la douleur mais sans émettre le moindre bruit, sans un gémissement. Elle se réservait pour plus tard. Elle s'allongea.

Jesús fit son entrée avec la vieille Clara.

En silence, la voisine se mit à genoux, aux pieds de la mater dolorosa qui écarta les jambes. *Ya está aquí.* Il est déjà là. Jesús se glissa derrière le dos voûté de l'accoucheuse pour regarder. Sous les mains ridées de Clara, on pouvait voir la tête couronnée de cheveux et de poils pubiens du nouveau-né. *Empuja.* Pousse. Dolores expulsa d'un coup ce qui l'avait tant embarrassée ces derniers mois. Qu'est-ce que c'est ? demanda-t-elle. Clara tenait le nourrisson dans ses mains. Elle inspecta son entrejambe et comprit en un instant le destin funeste qui attendait l'enfant. Elle regarda Dolores et répondit : C'est une fille.

Dolores refusa cet affront. Elle avait demandé un fils, un vrai, un fort, pas ça. Pas une fille. Elle n'en voulait pas. Emmenez-la chez les bonnes sœurs, il n'y a qu'elles pour vouloir des filles. De la poche de son tablier, Clara sortit un petit couteau d'office à la lame noircie et trancha le cordon. Dolores se releva sans un mot, essuya le sang sur son entrejambe comme si elle venait d'uriner, puis marcha avec difficulté vers l'extérieur. Elle se rendit au lavoir et là seulement, se mit à vomir ses entrailles, juste à côté du poulpe mort. Jesús n'avait pas émis un son. Des larmes coulaient sur son visage et faisaient fondre la crasse sur ses joues rebondies.

C'est ainsi que Clara, la voisine, prit dans ses bras la petite fille déjà bien misérable d'être née sans nom, et l'emmena d'un pas rapide au couvent de Santa Catalina, réputé dans toute la région pour sa recette de flan céleste. Devant la porte, elle toqua, le bébé emmailloté dans un drap blanc, comme un énorme saucisson. Ma voisine n'en veut pas, elle n'a pas d'argent, son mari est en mer, son seul fils est *tonto*. Elle tendit la fille. La bonne sœur la recueillit et décida de lui offrir un sort autrement plus charmant : en ce lendemain d'Épiphanie, elle prénomma le poupon Victoria. Une première victoire sur l'enfer.

Victoria, c'est ma mère.

2

La jeune Victoria apprenait vite. Elle maniait la cuillère en bois comme personne, Sor Isabel ne voulait qu'elle à ses côtés pour confectionner le célèbre flan *de las Hermanas*. Malgré son jeune âge et la petitesse de ses mains, Victoria cassait les œufs à la perfection. Elle séparait le blanc du jaune en un tour de main. Une envoyée du ciel, cette enfant ! Les autres sœurs étaient si maladroites, tant d'œufs finissaient éclatés par terre. Sor Isabel ne s'était jamais remise du morceau de coquille qu'elle avait croqué un soir. Dieu merci, c'était elle et personne d'autre qui était tombée dessus. Dieu merci, ce n'était pas non plus Sor Ursula, mère supérieure acariâtre connue pour sa tendance à exagérer sur le vin de messe, imaginez, elle aurait pu s'étouffer ou s'ouvrir le palais.

Sor Isabel était une fervente de Bernadette Soubirous. Quelle ne fut pas sa joie quand elle ouvrit la porte ce matin glacial du 7 janvier 1947. Sa future protégée était née le même jour que l'auguste Pyrénéenne. Elle la fit baptiser tout de suite, par le diacre de visite. Victoria Maria Bernarda fit ainsi sa deuxième entrée dans le monde sous les auspices d'une sainte. Elle en gardera les stigmates toute sa vie. Une vie de béate et de martyre, sans la reconnaissance du Vatican.

Victoria mangeait son flan avec délectation à la table des autres orphelins. Douze enfants qui pouvaient tenir assis, la plus jeune avait deux ans et le plus âgé, dix ans. Il y avait aussi quatre bébés, réunis dans une pièce dédiée où l'odeur aigrelette des régurgitations se mêlait à celle du caramel chaud de la peau des nourrissons. Deux sœurs s'y relayaient, spécialistes du rot et de l'habile pliage des changes : les moustachues Sor Gertrudis et Sor Maria de las Mercedes.

La très grande pauvreté de la région n'amenait pas beaucoup de parents adoptants. Le jour de visite des couples infertiles, la nervosité des innocents était palpable. On sentait littéralement leur peur, l'odeur de poireau de leur transpiration, eux qui rêvaient d'un foyer et d'une douce maman comme dans les livres qu'ils feuilletaient jusqu'à épuisement. Notamment le *Nuevo Catón*, méthode de lecture de tous les enfants espagnols depuis 1939, dont le couvent possédait six exemplaires flambant neufs. Chaque matin, après le petit déjeuner, pain trempé dans le café au lait, et l'office de la tierce, les enfants avaient classe. Lecture et mathématiques. La méthode de lecture était une méthode syllabique. Ra, ri, ru, se, so, sa, su, az, oz, uz.

Les premières phrases que Victoria lut, furent les déchirantes *AMO A MI MAMÁ MIMO A MI MAMÁ MI MAMÁ ME AMA.* Comme la vie est cruelle parfois. J'AIME MA MAMAN JE CAJOLE MA MAMAN MA MAMAN M'AIME. Le diable se cache dans les détails. Elle arrivait à peine à déglutir après le dernier son.

L'après-midi, les filles partaient à la laverie pour laver les draps, les mettre à sécher et les repasser. Les garçons, eux, jouaient au ballon dans la cour.

Victoria n'était pas une enfant triste mais elle n'était pas non plus très heureuse. Une fille simple qui avait pris le pli d'une vie dirigée et minutée par les offices religieux, la classe, la préparation des repas et le ménage. Pas le temps de réfléchir à son sort. Malgré l'horreur de son abandon, elle avait les bonnes grâces d'une sororité sans trop de cruauté.

Victoria avait un physique hors du commun. Elle était petite, comme toutes les Galiciennes, avec une chevelure épaisse et noir de jais, des yeux verts, un nez microscopique, le teint lacté et des sourcils fournis, droits comme de gros traits de crayon. Un regard de cinéma. Une beauté divine. Elle était tout simplement irrésistible. Et pourtant, elle ne repartait jamais avec les parents en devenir. Elle restait seule, une invendue de plus. Quand les futurs pères de famille la regardaient de près, les femmes stériles serraient les dents et détournaient le regard. La beauté de Victoria n'était pas très catholique. Elle n'était pas mignonne ; non, à huit ans elle avait déjà le don de pervertir l'homme. Sor Isabel avait bien essayé de calmer le jeu, bandant chaque jour le torse de la gamine. Elle lui coupait les cheveux court, l'habillait de pantalons et de chemisiers amples mais rien n'y faisait. Le démon était planqué quelque part. Il circulait dans les veines de l'enfant.

Malgré sa troublante beauté, Victoria n'avait pas confiance en elle, elle doutait de sa capacité à se faire adopter. Elle essaya à maintes reprises d'être encore plus gentille, plus charmante lors des visites mais cela empirait son cas. Elle priait alors chaque soir à voix basse dans son lit en serrant son pouce contre sa lèvre supérieure. Avec ses doigts, elle dessinait des croix sur ses lèvres et s'endormait d'épuisement après des chapelets interminables. *Dios te salve María.* Avait-elle un jour réussi à faire ses deux cent trois Ave Maria du rosaire à la Sainte Vierge ? Elle se tenait pour seule responsable de l'échec cuisant de son adoption. Elle ne priait pas assez, pas assez de ferveur, pas assez gentille, pas assez intelligente, pas assez bonne. *Somos hijos de Dios.* Nous sommes les enfants de Dieu, se répétait-elle pour se rassurer.

Toute sa vie, Victoria se souviendra du 6 janvier 1957. Pour fêter l'Épiphanie, le diocèse et Francisco Franco, *Caudillo*, régent d'Espagne et natif du Ferrol, la ville faisant face à la maison qui la vit naître, offrirent à tous les enfants miséreux de la région un voyage en autocar pour découvrir au cinéma le film *Marcelin, Pain et Vin*. Victoria montait dans un véhicule motorisé pour la première fois. Elle vomit tout le trajet. Tout le monde se moqua d'elle.

Le cinéma faisait également office de cirque, ça puait la paille et le fauve. La gamine découvrait le film avec une nausée persistante. L'histoire de l'orphelin la traumatisa, elle pleurait tant qu'elle en avait encore des haut-le-cœur sur le trajet de retour. Dans la voiture, elle fixait ses pieds en se concentrant pour ne pas se vider à nouveau. Elle avait mal au ventre, dans les reins, elle se sentait mourir. C'était la veille de ses dix ans. Cette nuit-là, Victoria saigna de l'entrejambe, en le découvrant, elle se pensa maudite à jamais. Elle allait donc mourir de tristesse à cause du film. Ou alors à cause de l'autocar.

Au matin, elle ne bougea pas du lit, elle baignait dans son sang menstruel, sans savoir ou comprendre ce qui lui arrivait. Pendant que les autres quittaient le dortoir, Victoria priait, son petit pouce sur sa lèvre supérieure, en position fœtale, recroquevillée comme une bête blessée. Sor Isabel arriva en courant dans la pièce, Victoria était cachée sous le drap blanc. Sor Isabel souleva le linceul d'un geste et comprit en un instant. Ce n'est rien, c'est normal ce qui t'arrive. Victoria, j'ai une bonne nouvelle pour toi, il y a quelqu'un qui est venu te chercher. Le ciel t'a entendue. Elle ne pouvait pas venir avant, elle n'avait pas d'argent ni de quoi te nourrir mais ta mère est là Victoria ! Ta véritable mère.

La gamine, beauté ensanglantée, gisait sans force et on lui annonçait que sa *mamá* était là, qu'elle était revenue la chercher, pour s'occuper d'elle, la nourrir. Sor Isabel aida Victoria dans sa toilette et l'emmena se doucher. Sous l'eau tiède, la tension de son corps se dénoua. Victoria regardait les caillots de sang tomber sur le carrelage blanc et se laisser emporter dans le torrent empourpré puis disparaître dans la bonde.

Sor Isabel lui prépara un lange à mettre dans sa culotte et l'habilla avec une robe neuve qu'elle gardait dans la réserve, pour les jours importants. Pour les départs. Une robe neuve de coton bleu marine à pois blancs. Elle prit un flacon d'eau de Cologne qu'elle cachait dans sa table de nuit, s'en frictionna les mains puis la tête de l'enfant et lui peigna les cheveux. La bonne sœur avait une douleur dans la poitrine mais continuait de sourire à Victoria en la voyant devenir femme. Sor Isabel avait l'intuition que cette mère qui revenait chercher sa progéniture ne serait pas exactement celle des rêves d'enfants.

C'était peu chrétien de sa part de ne pas reconnaître la divine providence dans ce retour maternel mais Sor

Isabel n'y pouvait rien. Elle savait. Une fois prête, Victoria fit le tour de la communauté, sa main dans celle de Sor Isabel. Jamais elle ne la serra aussi fort. Puis elle signa un registre et quitta son foyer. Elle passa la porte et fit enfin face à sa matrice.

Dolores regarda l'enfant, l'air sévère. Elle avait un bébé sur la hanche droite et tenait de la main gauche une fille brune d'à peu près cinq ans. Jesús se cachait derrière Dolores. Il fixait ses pieds, deux paires de chaussettes doublées en accordéon sur ses tibias meurtris. Il avait grandi, c'était un adolescent désormais. Dolores scrutait sa fille sans bouger, le trio ressemblait à une sculpture, plus personne ne respirait, leurs chairs figées devant le spectacle de la splendide Victoria. Dolores regrettait d'être revenue. Cette gamine était bien trop belle, elle ne causerait que des misères.

Victoria fit un timide pas en avant, et sourit.

Ce sourire, le premier d'une enfant à sa mère, allait rester sans réponse toute sa vie durant.

3

J'étais une imbécile heureuse.

C'est ce qu'avait décrété Pierre, le plus beau garçon de l'école primaire Notre-Dame Saint-Roch lors du cours de gymnastique. Tous les enfants faisaient la queue en survêtement pour reproduire un à un les exercices sur les tapis Dima. La salle était immense, de grands miroirs dupliquaient mes camarades : une armée en chaussettes. J'avais continué de rire à son verdict, pas très sûre de ma réaction, mais ravie d'avoir suscité son intérêt. Il avait ensuite jeté un regard à mes mains, j'avais du vernis rouge écaillé sur mes ongles rongés.

— En plus, c'est vulgaire le vernis.

Deuxième sentence du tribunal révolutionnaire de CE2. À ce moment-là, j'eus moins de doutes et mon visage se ferma. Après mille roulades avant, arrière, appuis tendus renversés et autres rondades réalisées dans la puanteur d'encaustique, de plastique chaud et de pieds humides, j'avais la tête qui tournait et la nausée.

À la sortie de l'école, au milieu de la horde d'enfants se pressant vers la sortie, les mots de Pierre continuaient de percoler dans ma cervelle. Je savais qu'il ne s'agissait pas de compliments à mon égard mais ce mot, *heureuse*, me perturbait. Si j'avais l'air heureuse, ou que j'étais vraiment heureuse, je me fichais alors royalement d'être une imbécile. Pressée entre mes camarades, morve au nez, je passais la grande porte et vis celle qui m'attendait. Elle était toujours là, chaque jour postée entre les nounous philippines, les jeunes filles au pair anglaises systématiquement rouquines et quelques mères au foyer. Ma petite mère, Victoria, brune, un modeste gabarit ibérique mais une force de la nature, avec son regard franc bordé des sourcils les plus droits, les plus noirs du monde, deux traits qui dessinaient son monde horizontal. Tandis que mes camarades repartaient chez eux en échangeant quelques mots d'anglais avec leurs protectrices, je m'élançais vers ma mère et lui racontais ma journée en espagnol en lui tendant mon sac à dos.

Chaque soir, sur le chemin de retour, je lui tenais le bras tendrement. Nous traversions parfois le Monoprix pour faire quelques courses. Je terminais systématiquement avec un jouet ou des bonbons. Elle ne savait pas me dire non. Ou, plutôt, elle ne me refusait rien, seul bénéfice de l'enfant unique adoré. Ma bienfaitrice avec moi, on traversait l'avenue de l'Opéra, la rue Gaillon et nous arrivions enfin chez nous, dans notre rue, ce territoire étrange dont le bar-tabac dessinait la frontière secrète.

C'était la principauté de mon père, Julian, le gardien du théâtre de la Michodière, situé dans la rue du même nom. Il y tenait le pavé et le zinc des comptoirs. Il ouvrait les grilles du théâtre chaque matin, apportait le courrier dans les bureaux de la direction, puis s'asseyait sur les longues marches en pierre. Il saluait et surveillait tous les gens du quartier, connaissait chaque pervenche par son prénom, tapait dans le dos des flics. C'était le phare de la rue. Je le voyais assis là, avec son allure singulière d'ogre folklorique ; un béret basque posé sur une épaisse tignasse poivre et sel, chemise Lacoste, trois-quarts en cuir noir et mocassins toujours impeccablement cirés. Ses manches remontées, été comme hiver, on pouvait ainsi voir son bras gauche tatoué, vestige de ses années dans la Marine. Un cœur transpercé d'une flèche avec ses initiales et les dates de son voyage en mer. Le tatouage était monochrome, un bleu délavé, effacé par endroit. On pouvait deviner qu'il avait été fait artisanalement, à l'aiguille, à l'encre de stylo et dans les vapeurs d'alcool fort. Je le trouvais beau, *mon padre.*

L'haleine déjà avinée, un regard mélancolique, il me donnait un baiser quand je passais son checkpoint. Nous continuions jusqu'à l'entrée des artistes, puis il fallait longer la loge vitrée où mon père passerait bientôt sa soirée à ouvrir la porte aux comédiens, surveillerait les allées et venues, avant de refermer les grilles, tard dans la nuit, après la représentation.

On remontait ensuite les escaliers menant à la direction. Sur les murs d'un gris froid, un grand trait parfaitement peint, une flèche, indiquait : *pour la direction, suivre cette ligne.* C'était aussi le chemin vers notre logement, notre appartement de fonction. *Follow the yellow brick road.* Je suivais le tracé et les différentes affiches à l'esthétique art déco qui vantaient les mérites de multiples compagnies ferroviaires. Les locomotives monumentales de l'Orient-Express aiguillaient mon chemin quotidien. Après les fameux bureaux du directeur et ce court passage en Mitteleuropa, j'arrivais dans un dernier couloir qui ne comptait plus d'indication. J'étais enfin chez moi, dans une autre dimension : je franchissais une ligne invisible, fondu enchaîné, et je passais du chic théâtre hanté par les fantômes de Pierre Fresnay et Sacha Guitry aux murs effrités de ce couloir sombre où ma mère étendait notre linge humide. Il fallait parfois repousser les grands draps de la main pour se frayer un chemin jusqu'à la porte menant chez nous. Deux pièces, l'entrée, qui était ma chambre, puis la salle à manger-salon-chambre de mes parents, une minuscule cuisine et des toilettes. Pas de salle de bains, nous prenions nos douches dans celle dédiée aux comédiens. Avant le dîner, je descendais vers les loges avec ma serviette et mon savon. Je devais me presser et aller me laver le plus tôt possible pour ne pas risquer de croiser qui que ce soit de la troupe ou de l'équipe technique.

Une fois bien récurée, la photosynthèse télévisuelle pouvait commencer. Il y avait peu de mètres carrés chez nous, mais deux écrans allumés en permanence. Mes parents avaient poussé le vice en allant jusqu'à installer deux télés sur un même mur, dos à dos, comme deux amants fâchés. On pouvait, soit regarder deux programmes différents, soit se faire une stéréo maison. On donnait sur une cour intérieure avec vue sur les bureaux du théâtre et ses secrétaires, comptables et directeur. Notre intérieur, où rien n'était assorti, comptait dans le désordre : dans le salon, un papier peint seventies aux motifs géométriques hypnotiques ; dans ma chambre/entrée, un papier peint fleuri aux teintes pastel style Laura Ashley, d'épais rideaux en velours vert, un canapé-lit La Maison de Valérie, un buffet et des chaises dépareillées réparties autour d'une table beaucoup trop grande pour la pièce. Je n'ai jamais vu le bois dont elle était faite parce qu'elle était toujours recouverte d'une toile cirée fleurie dont la marque de fabrique était un trou de brûlure de cigarette aux côtés duquel se trouvait le cendrier immuable de mon père, rempli à ras bord des mégots de ses Camel sans filtre. À travers cette ouverture calcinée de plastique fondu, on pouvait deviner une autre toile cirée. Ma mère ajoutait chaque année une nouvelle nappe plastifiée sans enlever la précédente. Je suivais la profondeur du millefeuille au travers de cette percée.

Nos repas étaient quasi exclusivement constitués de plats de légumineuses que ma mère faisait tremper d'un jour sur l'autre et dont elle commençait la cuisson à sept heures du matin. J'ai ainsi senti un mélange parfumé d'oignon frit, de soupe et de viande mijotée durant toute ma scolarité. Lentilles, pois chiches, haricots rouges ou blancs, la seule modernité alimentaire chez nous venait des Flanby et des Prince de LU. Seule exception à ce régime, les jours où j'avais une angine ou une bronchite (j'étais une enfant souvent malade). J'avais alors droit à mon plat préféré : des calamars à l'encre de seiche. Je dévorais la chair caoutchouteuse et salée que je pêchais avec frénésie de la flaque de sauce noire dans mon assiette. Un sourire accroché à mes lèvres sombres, mes dents noircies, j'acceptais finalement de prendre mes antibiotiques.

Tous les soirs, notre duo regardait *Santa Barbara*, le journal, la météo puis un film. Ma mère préférait les films américains avec *los grandes artistas*, elle détestait les films français *de mierda* qu'elle trouvait toujours très moches, *horribles*. Le seul Français qui trouvait grâce à ses yeux c'était Louis de Funès. Le film se terminait généralement en même temps que la fin de la représentation. J'entendais les applaudissements sonnant le glas de notre soirée. C'était le signal. J'embrassais alors ma mère, filais me coucher, tirais draps et couvertures jusqu'aux yeux et je m'efforçais de m'endormir le plus vite possible. Bien évidemment, je n'y arrivais presque jamais. Et je savais ce qui allait bientôt se passer. La bête transformée par le vin allait rentrer une fois les comédiens partis et les autographes signés. Mon cœur battait fort dans ma poitrine car, chaque nuit, c'était la loterie. Mon père ouvrait la porte, je jouais mon rôle d'enfant endormi. Il traversait ma chambre puis il refermait la fine porte qui la séparait de leur pièce.

Soit il n'était pas trop ivre et de bonne humeur, et j'entendrais bientôt le son continuel des ressorts du canapé-lit. Soit il était très imbibé et là, ce serait les insultes, parfois les coups, et toujours le silence de ma mère. Sale pute, je chie sur Dieu, sur la Vierge. *¡ Me cago en la hostia !* Tout prétexte était bon pour servir sa colère et sa rancœur aussi mystérieuse que profonde. *Julián por favor* étaient les derniers mots que j'entendais avant de mettre ma tête sous mon oreiller que je serrais le plus fort possible, jusqu'à l'acouphène.

4

C'était la première fois que Josefa allait au cinéma.

Les gens étaient tous très élégants devant le Salón Olimpia. Ce soir-là, elle se mêlait à la haute société de Bilbao et rejoignait un homme. Quand la salle fut plongée dans l'obscurité et que le moteur du projecteur se mit en route, elle sursauta légèrement puis fut hypnotisée par les vingt-quatre images par seconde. Son flux sanguin se fit rapide dans ses artères, ses globes oculaires oscillaient de façon saccadée de gauche à droite. Devant le film français *La ruta sin fin* de Marcel L'Herbier, doublé en espagnol, Josefa commençait à s'identifier à l'héroïne tiraillée entre deux hommes quand elle se mit à se tordre de douleur sur son fauteuil. Elle était engoncée dans sa tenue, toutes ses chairs à l'étroit, gainées, comprimées, dans une tentative d'élégance et de dissimulation de ses bourrelets. Ses intestins prêts à la trahir, elle avait fui à la fin de la projection en s'excusant, se disant fébrile à son galant. Elle marchait vite en dégazant jusque chez elle, prise de vertige.

En enlevant enfin ses chaussures, Josefa affichait une mine déconfite. Elle regarda ses pieds, et se mit à pleurer. Ils avaient été si compressés dans ses beaux souliers noirs qu'ils ressemblaient à deux rôtis saignants tout juste déficelés. La pédicure soignée au vernis rouge qu'elle s'était offerte chez la Cubaine n'embellissait pas ses orteils boudinés et violacés. Visuellement, ses pieds évoquaient plus la boucherie que l'ornement. L'orgueil la faisait pleurer, elle qui avait compté parmi les prometteuses prostituées de Bermeo. Ce n'était pas une femme d'une beauté spectaculaire, non. Elle n'avait rien de très gracieux dans son visage, son corps ou même sa façon de se mouvoir. Elle n'était pas laide non plus, une jolie brune aux yeux couleur noisette, la peau laiteuse mais son décolleté rendait fou, elle aurait pu nourrir une flopée de gosses et d'hommes affamés. Josefa avait, sans aucun doute, le plus gros bonnet de la région.

Elle était descendue à Bilbao à l'âge de vingt-deux ans en espérant se trouver un riche gogo qui la couvrirait d'or et l'inviterait à manger dans les meilleurs restaurants de la ville. Dans l'autocar Hispano Suiza, son village de pêcheurs dans le dos, elle se voyait déjà dégustant des kilos de pouces-pieds, son mets favori. Rien n'était plus délicieux selon elle. Elle aimait arracher consciencieusement le pédoncule au sabot, observer la giclée d'eau saline et arracher avec les dents le crustacé à la diabolique allure de petit pénis marin. Mais Josefa n'avait pas trouvé d'homme fortuné et fou d'elle pour l'inviter tous les soirs au bar Rimbonbín. La concurrence était rude chez les putes de Bilbao. Au lieu de ça, elle s'était installée en location meublée dans un minuscule appartement de la rue San Francisco, parallèle à la rue des Cortes, le repaire des femmes de joie et des drogués. Ce quartier, qu'on surnommait la Palanca, situé sur les hauteurs de la ville, au-dessus des voies ferrées et de l'élégante station d'Abando, était censé proposer ce qu'il y avait de mieux en termes de prostitution dans toute l'Espagne. Dans la chambre de Josefa, qui était la seule pièce de son logement, une odeur puissante de néroli empestait, comme si un oranger aux fleurs déjà fanées, presque pourries, avait été caché quelque part. En vérité, cette fausse odeur de propre était distillée par trois savons cachés aux côtés de ses culottes, soutiens-gorge géants et papiers d'identité.

Chaque après-midi, Josefa descendait pointer pour sa besogne dans les clubs et les hôtels de passe. Les taxis et les voitures de luxe allaient et venaient. D'un regard, elle repérait son prochain client. D'un accord tacite, il la suivait. En préambule, elle lui demandait de se laver les couilles consciencieusement dans le bidet de la chambre d'hôtel. Elle-même était irréprochable sur la propreté. D'avant en arrière, elle se rinçait les orifices avant de commencer quoi que ce soit. Elle avait choisi ce travail parce que cela rapportait et qu'elle y trouvait, parfois, rarement, mais tout de même, un peu de plaisir. Elle connaissait surtout la joie de se goinfrer après les fellations et les levrettes. Son équation au quotidien : être pleine puis se remplir à nouveau, de sucreries, des churros qu'elle aimait tremper dans le chocolat épais des nouvelles cafétérias à la mode.

Josefa avait de la repartie, cette verve basque si particulière. Avec ses consœurs, elle n'aimait rien tant que se moquer des hommes : des vantards, des beaux gosses, des riches, des pauvres et des cons. Tous éjaculateurs précoces, pas doués, voire impuissants. Elle chahutait aussi ses réguliers, cela les mettait dans de meilleures dispositions en ces temps confus d'après-guerre.

À Julian, par contre, elle ne faisait pas de blagues. Lui était sensible. Elle l'aimait bien, le jeune menuisier asthmatique, même s'il n'était pas très doué avec son sexe. Lorsqu'il venait la voir, il n'oubliait jamais de lui ramener un goûter, un épais palmier feuilleté, recouvert d'un glaçage blanc qu'il tenait entre ses doigts avec une serviette en papier si fine et si imbibée de sucre fondu qu'elle en devenait transparente. Elle lui léchait les mains, dévorait son cadeau et c'était parti. Elle s'inquiétait souvent de l'entendre siffler des poumons alors qu'il martelait ses hanches contre les siennes.

C'est rien, c'est à cause de la poussière de bois, disait-il. Alors Josefa priait pour lui et lui donnait du réconfort en calant sa nuque entre ses deux seins le temps qu'il reprenne son souffle.

Malgré le commerce de son cul, Josefa était restée pieuse. Elle allait à la messe chaque dimanche et avait également réussi à résister aux vapeurs de l'alcool qui aurait pourtant aidé à encaisser les assauts des hommes à la recherche du grand frisson refusé chez eux. Les bons jours, elle se payait des sardines grillées à Portugalete avec Guadalupe la Cubaine. Elles recrachaient par terre les fines arêtes assassines, chantaient le dernier succès de Mari Paz, les doigts luisants d'huile et la panse remplie de bière. Elles digéraient en regardant le pont transbordeur de Biscaye faire ses allers-retours entre leur rive et celle des nantis de Getxo.

Josefa avait une passion pour les bijoux, sa véritable faiblesse. Elle se ruinait pour des brillants. Elle portait une bague à chaque doigt et le moindre de ses gestes enclenchait une suite de cliquetis métalliques dont elle se délectait. Autour de son cou, un sautoir de perles s'emmêlait à une chaîne en or où pendait un gros médaillon doré qui s'ouvrait et dans lequel on pouvait insérer deux photos. Celui de Josefa ne contenait qu'une image en son sein, la sienne, un portrait d'elle à vingt ans en noir et blanc. Ce portrait ne lui ressemblait plus. Elle n'avait que quatre ans de plus mais surtout trente kilos supplémentaires. Elle pensa un temps que c'était la faute de son appétit pour les fritures et les pâtisseries mais elle dut bientôt se rendre à l'évidence : elle était bel et bien enceinte.

En dépit des décoctions d'armoise ou de sabine, des injections vaginales de Coca-Cola ou de laminaires, rien n'y faisait, elle ne parvint pas à s'en débarrasser. Elle pensait avoir réussi son coup à la moindre douleur abdominale mais elle ne remporta qu'une fièvre accompagnée d'une terrible diarrhée pendant plusieurs jours. Le fœtus tenait alors qu'elle sombrait dans une terrible déprime et un fatal embonpoint. Elle qui était excessivement gourmande, ne faisait plus que manger toute la journée. Elle n'encaissait plus la baise sale et donc les pesetas. La grossesse l'avait défigurée, taches brunes, rétention d'eau, vergetures, hémorroïdes, varices. Elle se traînait et se sentait en pénitence. La plus violente des punitions pour une pute. Son reflet dans les miroirs, les vitrines des magasins, les rétroviseurs de voiture lui donnait envie de mourir. Un matin, elle pensa sincèrement à se jeter pardessus le pont de Deusto. Elle se vit alors, flottante, énorme, dériver dans les méandres du Nervión et finir dans l'océan, celui-là même qui avait dévoré ses aïeux, grands-oncles, cousins, frères. Les femmes les plus désespérées y terminaient ainsi leur vie. Pourquoi pas elle ? Elle y songea mais se ravisa en se rappelant que de l'autre côté de ce pont, se trouvait le meilleur glacier de la ville. En s'écartant du garde-corps, elle pensait déjà à sa langue plantée dans le lait meringué à la saveur de cannelle et de citron.

Après s'être payé sa glace, elle fit une dernière promenade et un détour pour passer devant les bijoutiers de la *Gran Vía*. Elle bavait devant les solitaires, les boucles d'oreilles en corail, les broches de jade et d'ivoire, léchant la crème glacée, sa main épaisse serrant le cornet humide.

En fin d'après-midi, elle n'oublia pas de passer devant la petite église gothique de saint François d'Assise. Elle s'y rendait souvent, avec la ferveur d'une coupable. Si elle avait encore quelques pièces et du courage, elle entrait et brûlait un cierge à la Sainte Vierge. De sa voix intérieure et haletante, elle priait. Elle n'osait pas demander un avortement spontané, elle avait peur et savait combien c'était mal de vouloir tuer la pauvre créature qu'elle logeait à l'intérieur de son ventre imposant. Josefa craignait le ciel, les anges, les curés et le *demonio*. Elle savait qu'elle n'était qu'un péché sur pattes, que faire dix fois le signe de croix ou même boire de l'eau bénite ne la nettoierait pas de son vil travail ou de ses infâmes pensées. Mais elle priait.

Ce fut surtout sa terreur des aiguilles et du sang qui permit à son bébé de naître le 28 juin 1943. La matrone se lavait les mains quand elle demanda à Josefa comment elle comptait appeler ce beau petit garçon.

Josefa présumait qu'il était le fils de Julian, son régulier, alors elle le prénomma comme lui, sans trop réfléchir et sans plus de cérémonie.

Julian c'est mon père.

5

Petite fille, j'avais une maladie secrète.

Dès que je restais trop longtemps chez moi, je fouillais. Nerveusement. Tout le temps. Partout. J'avais l'instinct du trésor caché. Ou bien alors j'avais été rongeur ou chien de terrier dans une vie antérieure.

Le mercredi lorsque ma mère enchaînait sa tournée de ménage, à la bijouterie (nous avions beaucoup de bijoux volés), au bar-tabac (jamais payé un timbre ni une carte téléphonique pendant des années), je restais devant la télé. Quand je commençais à m'ennuyer devant *La Petite Maison dans la prairie*, je lisais. Puis, lorsque mes yeux me brûlaient à force d'avoir parcouru mes Folio junior usés jusqu'à la corde, je me mettais à retourner la maison. Dans la commode, au milieu des dessous et des chemises de nuit de ma mère, je m'arrêtais toujours pour relire le livret de famille, déplier les vieux papiers consulaires, traduits et tamponnés.

Ces vestiges espagnols me rappelaient mes origines mais aussi, parce qu'ils me paraissaient si vieux, ridés, presque transparents, la fuite de mes parents et leur vie d'avant. J'entrais ensuite littéralement dans les placards, me faufilais derrière les vêtements sur cintres et je fouillais. Et un beau jour, mon acharnement fut payant.

Je découvris cinq bouteilles en verre vides, un litre cinq chacune, anciens récipients de jus d'orange. Rien de fabuleux mais derrière l'image de l'agrume tranché en deux, dans la transparence, je vis soudain le magot de ma mère. Fermées par un couvercle, les bouteilles étaient toutes remplies à ras bord de pièces de dix francs. Je les pris et une folie s'empara de moi. Je les renversai une par une sur mon lit, jusqu'à obtenir le même tas doré que l'oncle Picsou ou Harpagon. Je plongeai alors mes mains dedans. Comme c'était bon de faire disparaître mes doigts dans cet amas d'argent. Je n'avais jamais vu autant de fric. Pendant une heure, j'ai mélangé, caressé les pièces puis j'en ai gardé dix qui faisaient cent francs. Et j'ai rangé, comme si de rien n'était, le trésor de ma mère, au fond du placard avant de rallumer la télé. Pour détendre mes nerfs, je bus une rasade de sirop pour la toux Néo-codion qui était posé sur la commode. J'aimais son goût de caramel et son effet de marshmallow. Je me transformai alors en molleton, fondis dans mon lit et m'endormis en souriant devant *Madame est servie*.

Belle au bois dormant en mon royaume, partout trônaient des photos de moi : portraits d'école encadrés, photo prise au resto chinois, clichés de moi bébé. J'affichais un air bienheureux constant. Sincère. Le buffet, les étagères, le portefeuille de mon père, partout se glissait mon image. Fond coloré, sous-pull de polyester, un rideau de cheveux, mes petites dents de porcelaine brillaient sur le papier glacé. Notre foyer, planqué au cœur du théâtre, était un autel dressé à mon effigie, fillette brune à la frange coupée de travers, ma natte épaisse qui descendait juste au-dessus des fesses, et mes yeux verts plissés par un sourire élargi. J'étais la ravie de la crèche. J'avais l'apparence d'une disparue.

Mes anniversaires étaient amplement documentés en papier Kodak Royal. Mais jamais aucun enfant, aucun ami de l'école n'apparaissait sur les images. J'étais entourée de vieux, de gens qui fument, de moustachus, de femmes permanentées aux yeux ourlés de mascara bleu. On y retrouve même, année après année, un édenté sans âge à béret basque, Txema, sourire de gencives au teint gris de cendres, un tableau de Goya à lui seul. Pas de tante, d'oncle, de cousins ou de grands-parents. Aucune famille. Nous étions une grappe humaine d'immigrés espagnols et tous s'étaient connus à Paris. J'étais leur excuse pour mettre leur tenue du dimanche, sortir le champagne bon marché et les cigarillos. Sur les clichés surgit parfois un autre enfant, perdu comme moi au milieu des adultes, jamais un camarade de classe mais toujours la fille d'amis de mes parents ou le fils du buraliste du coin de la rue.

Pour mes huit ans, je décidai que j'en avais ma claque de ne pas avoir de fête comme les autres. Fin octobre, une semaine avant la date fatidique, je fabriquai donc, moi-même, dans mon coin, des cartons d'invitation sur des fiches bristol de couleur que j'avais volées dans les bureaux de la direction. Du Hallmark artisanal. J'écrivis en lettres majuscules. Avec des cœurs, des étoiles, des soleils, un arc-en-ciel.

INVITATION À L'ANNIVERSAIRE DE MARIA
MERCREDI 2 NOVEMBRE
AU 4 BIS RUE DE LA MICHODIÈRE 75002 PARIS

Jusque-là, j'avais été invitée une seule et unique fois à l'anniversaire d'un enfant de l'école, pour les huit ans de Midori. La fête était donnée au McDonalds des Halles. Le M jaune tout en courbes sur fond rouge avait sur nous, enfants, le même effet que Jésus sur la croix pour un témoin de Jéhovah. Je découvrais le cheeseburger du sympathique restaurant américain et fis immédiatement de Midori ma meilleure amie à la vie à la mort. Elle avait débarqué comme un alien à l'école, en plein milieu d'année scolaire. Japonaise et brésilienne, elle ne parlait que le portugais. J'avais trouvé une alliée en survêtement parmi les enfants de Saint-Roch, entre les filles en jeans et celles en robes à smocks. Chaque invité de sa fête était reparti avec une figurine en plastique représentant les joyeux copains de Ronald. J'avais eu Hamburglar, le voleur de burgers, le truand, l'outsider. En tenue rayée noir et blanc et masque de héros qui lui cachait les yeux, je savais que lui et moi nous trouvions du même côté de la barrière.

Pour ma propre cérémonie d'anniversaire, je rêvais que des enfants chantent et dansent autour de moi, je voulais être célébrée en grande pompe. J'étais née un 2 novembre, le même jour que Marie-Antoinette. J'avais découvert cette gémellité dans l'un des rares livres de notre bibliothèque familiale : une sorte d'almanach historique, classé entre la biographie de Che Guevara et *Las mocedades del Cid.* Devant nos livres, mon père avait exposé ses dents. Il avait eu les crocs si gâtés qu'il les avait arrachés à la main. Il ne portait maintenant plus que deux dentiers. Sa dizaine de dents étaient depuis posées, tels des trophées, les unes à côté des autres, sur la tablette de fer noir. Je devais donc décaler les racines rongées pour saisir le livre qui allait m'aider à donner du sens à ma date de naissance.

Découvrant cette coïncidence, je devenais, dans ma tête, la sœur jumelle de Marie-Antoinette. On partageait cette date macabre, la fête des morts, des défunts. Et un prénom composé assez niais, mes parents m'ayant prénommée Maria-Victoria. L'Autrichienne guillotinée et moi, reines ensanglantées, main dans la main, nous resterions dignes.

Lorsque je distribuai mes cartons d'invitation le lendemain, dans la cour de récréation, un débat de gamines commença entre Sandrine et Vanessa. Sandrine affirmait qu'elle était plus pauvre que moi. Vanessa et moi-même en restions muettes. Ses parents avaient un restaurant ! Et une Porsche ! Oui, mais notre appartement est très petit, rétorqua Sandrine. Vanessa se fit mon avocate, elle assurait que j'étais la plus misérable. Moi-même j'en vins à l'affirmer haut et fort.

— Je suis beaucoup plus pauvre que toi, t'es conne ou quoi ?

Vanessa était venue jouer chez moi une fois, elle savait où je vivais et elle en rajoutait dans les détails miteux. Il n'y a pas Canal plus ! Pas de lave-vaisselle, pas de micro-ondes, pas de magnétoscope, pas de douche ! Tu te rends compte ? Et, elle ne part jamais en classe verte ! Sa défense insistante me faisait souffrir en silence parce qu'en vérité, je n'aimais pas être espagnole et pauvre, je rêvais d'être Sandrine et riche. Si je ne partais jamais en voyage scolaire, c'était moins à cause de l'argent que de la terreur parentale pour les avalanches et les pédophiles. J'étais restée à chaque séjour dans une autre classe que la mienne.

Après quelques minutes de controverse, Sandrine en convint, j'étais bien moins lotie qu'elle et toutes deux acceptèrent de venir à ma fête, prenant chacune son carton multicolore.

Le jour dit, le mercredi 2 novembre, j'avais oublié toute cette affaire. Ma mère m'amena au rayon jouet des Galeries Lafayette où je pus me choisir ce que je voulais. Je repartais avec une poupée Barbie et un Popples, la même peluche que la Cicciolina.

Sur le chemin du retour, on courait, les sacs de cadeaux à la main, sous une pluie battante et froide, éblouies par les phares des voitures de la rue du Quatre-Septembre. En franchissant la frontière de la Michodière, nous trouvâmes, sans surprise, mon père au bar. Son ballon de côtes-du-rhône à la main, il nous interpella pour nous raconter que la petite Aurore était venue chez nous dans l'après-midi, accompagnée de sa nounou. Aurore affirmait que je l'avais invitée à mon anniversaire. Mais elles étaient tombées sur une maison vide, sans fête, sans gâteau, sans moi et elles étaient reparties. J'avais oublié mon fantasme de fête, nourri lors d'un après-midi d'ennui et d'envie. Je touchai à peine à ma part de gâteau, la trachée étouffée par la honte de savoir que ma camarade avait rencontré mon père et qu'elle était repartie bredouille, en colère contre moi. Elle m'en voudrait, j'en étais sûre. Je passais la nuit à imaginer le pugilat du lendemain. Elle m'avait néanmoins laissé un cadeau : un gilet blanc à pression Agnès B. Aurore était la fille de la célèbre styliste, elle avait la classe, la seule enfant à avoir cru à mon invention et à s'être déplacée.

6

La mâchoire de Julian se mit à craquer tant il ouvrait grand sa bouche.

Carmelo, le médecin de la Miséricorde, lui examinait les dents. Deux caries ! Une langue bien blanche et une haleine très chargée. Le docteur grimaça en reprenant son souffle dans la cavité. Heureusement, le mal s'était logé sur les dernières dents de lait. Il n'y avait plus qu'à attendre gentiment qu'elles tombent toutes seules. Il suggéra à Julian d'arrêter de fumer son tabac de contrebande et de calmer le jeu sur le vin du réfectoire s'il voulait garder un beau sourire. Les filles n'aimaient pas les dents pourries, assura Don Carmelo. Ce dernier avait bien essayé d'inculquer une certaine hygiène aux enfants de la *Santa Real Casa de la Misericordia*. L'orphelinat de Bilbao avait autrefois été un collège de jésuites, puis une boucherie, avant d'accueillir, avec les sœurs de Saint-Vincent de Paul, les enfants des nécessiteux de la ville, ainsi que les mendiants et vagabonds prêts à travailler. Gymnastique quotidienne, repas équilibré, visite médicale, hygiène corporelle et salubrité ; l'éminent docteur s'était donné pour mission de livrer des citoyens en pleine santé à la ville. Les enfants y apprenaient à lire, écrire, compter mais aussi un métier, boulanger, menuisier, charpentier. La charité chrétienne était un puits sans fond.

Julian passa son enfance et son adolescence entre les murs du bâtiment néogothique collé au stade de football mythique de San Mamés où officiaient les lions de l'Athletic Bilbao. L'équipe rouge et blanc faisait la joie de tous les garçons. Depuis les chambres de l'aile nord, on pouvait regarder les matchs, l'arène étant ouverte et visible du côté des dortoirs. Une bénédiction. Le ballon rond et les chants des fanatiques avaient plus de pouvoir sur les morveux que n'importe quelle menace divine. Les frères de Saint-Ignace avaient aussi leur penchant pour le football et fermaient les yeux sur les gamins qui regardaient les rencontres depuis leurs chambres. Les soirs de match, Julian arrachait méticuleusement quelques feuilles de son cahier de mathématiques et les fourrait dans ses poches. Elles restaient ainsi en boule toute la journée, pendant la messe, à la cantine, lorsqu'il jouait au tennis de table où il excellait, jusqu'au soir. Avec Javier, ils sortaient alors leur tabac et se roulaient des cigarettes dans les équations et les théorèmes. L'épais papier avait du mal à brûler, il fallait s'y reprendre à plusieurs fois avec le briquet. Ils toussaient maladroitement à la fenêtre mais se sentaient soudain plus forts, ils devenaient des hommes, gonflant leurs torses de freluquets, en remplissant leurs poumons de fumée. Ils recrachaient régulièrement les morceaux de tabac qui passaient la barrière du filtre en carton. Dieu qu'ils aimaient ça. Ils hurlaient à chaque but, aspirations, volutes et ronds de fumée.

Lors d'un cours de menuiserie, Julian avait gravé dans une petite chute en chêne le blason de l'équipe. Il l'avait toujours dans sa poche pendant les matchs, avec le chromo de Telmo Zarraonaindia, son héros, elles étaient ses amulettes pendant la grand-messe.

Julian ne sortait jamais et avait très peu de visites. Il avait vu son père une fois en quinze ans. L'homme partageait son prénom, des boucles brunes et une belle gueule avec ce fils qu'il laissa à moitié orphelin l'année de ses huit ans après une grippe qui lui fut fatale. Josefa, sa mère, venait un dimanche par mois. Elle lui ramenait des sandwichs de pain de mie et de mortadelle, des pêches pas assez mûres et du vin rouge. Elle buvait à présent et avait besoin de s'enivrer quand elle déjeunait sur l'herbe avec son fils parmi les familles de fortune. Souvent, ils n'avaient rien à se dire. Le regard de Julian sur sa mère la mettait mal à l'aise, son air de chien battu lui faisait pitié. C'était pas ça un homme, pensait-elle. N'ayant jamais ressenti ce fameux instinct maternel, c'est que ça ne devait pas exister, sûrement des théories de médecins pour qu'on ne jette pas les bébés au tout-à-l'égout. Longtemps, Julian attendit quelque chose de la part de sa mère. Il ne sut jamais quoi.

Un dimanche, Josefa se présenta le ventre arrondi, elle était de nouveau enceinte. Julian en avait les larmes aux yeux. Il se retenait de pleurer, pressentant qu'elle allait encore se moquer de lui, quel sensible *joder*, une vraie fille. Ils mangeaient dans le parc et Julian souriait comme jamais, heureux d'avoir bientôt un frère ou une sœur. Il ne se doutait pas qu'il ne connaîtrait son frangin que bien plus tard, une fois parti de l'institution. Josefa les inscriraient dans deux établissements différents. Aucun lien : Josefa avait horreur de la famille.

À la *Misericordia*, la vie était calme mais le jour du défilé du vendredi saint, les enfants étaient surexcités. Ils avaient droit à la plus grande sortie de l'année pour aller admirer la procession de la confrérie de Notre Dame de la Miséricorde dans les rues de Bilbao, accompagnés des frères Juan et Francisco. Les jeunes étaient toujours impressionnés par la horde d'hommes cagoulés et silencieux qui marchaient en portant sur l'épaule une lourde statue représentant la Vierge Marie tenant, sur ses genoux, le corps du Christ descendu de la croix. La ville entière allait dans les rues, les pauvres hères de l'orphelinat se mêlaient à la masse des fidèles.

Tous frères dans la mise en scène de la souffrance. Julian avait grandi avec quantité de messes, prières, confessions et jeûnes, mais il avait toujours douté. Il n'y avait que les fayots et les cons pour croire à ces aberrations.

Une année, Julian en profita pour prendre la tangente avec Javier. Les frères Juan et Francisco avaient une vue de plus en plus mauvaise et les garçons ne pensaient qu'à une chose : aller voir les prostituées. Le week-end précédent, Javier avait dérobé de l'argent à ses parents. Cette sortie était leur seule fenêtre de tir pour connaître autre chose que la branlette. Don Eladio, le père de Javier, le racontait sans cesse, Bilbao avait les meilleures putes de la péninsule.

Les deux compères s'échappèrent du groupe et coururent si vite qu'ils manquaient de se ramasser la figure à chaque coin de rue de la cité vallonnée. Après quelques minutes de course parmi la foule lente et pénitente, ils arrivèrent à la Palanca. Les deux puceaux s'arrêtèrent net, ils faisaient moins les fiers entourés de basanés et de femmes aux poitrines opulentes ; le parfum du sexe et du plaisir dans leurs narines les saisit. Immobiles, ils scrutèrent les visages, des femmes se trouvaient à toutes les portes, chaque entrée était encadrée de deux paires de jambes emballées dans des bas de soie. Brunes, blondes, grosses, vieilles, belles, moches, il y en avait pour tous les goûts. Javier arrêta son regard sur un travesti. L'homme à la perruque l'interpella. Qu'est-ce que t'as toi, t'aimes pas mes nichons ? Javier, contre toute attente, lui envoya un baiser. Il se sentait prêt à faire des folies aujourd'hui. Tandis que la ville entière repensait à ses péchés, marmonnait des excuses, des pardonnez-moi, des merci Seigneur, Sainte Vierge gloire à toi, visages graves de circonstance devant la Pietà, les deux compères, eux, bavaient de désir.

— Alors tu choisis laquelle ? Tiens, prends ça.

Javier fourra une liasse de pesetas dans les mains de Julian.

— On se retrouve ici dans une heure ?

Julian avança, nerveux, dans la rue des délices. Coups d'œil à gauche et à droite, des yeux, des bouches, un menton, un front, des culs, tout se mélangeait autour de lui. L'émotion du jeune imberbe déconstruisait sa vision. La respiration de Julian s'arrêta quand il reconnut le visage de celle qui l'avait enfanté. Sa mère était là, devant lui, tenant les murs, presque à poil. Il n'avait aucun doute sur ce qu'elle faisait là et la vérité le foudroya. Son diaphragme se contracta si fort que l'afflux de sang fut tel un coup de bélier dans son cœur.

Elle se disait très pauvre, sa mère. Dans cette journée qui s'éteignait, elle ne ressemblait en rien à celle qui venait le voir un dimanche par mois. C'était bien elle mais c'était aussi quelqu'un d'autre. Elle venait toujours lui rendre visite en haillons, peu amène. Alors que là, devant lui, elle n'était que satin, résilles, bijoux dorés, mise en plis, maquillage et luxure.

Julian tourna les talons, pas de voyage entre deux cuisses pour lui. Le regard plaqué au sol, il fit le trajet inverse, sans attendre son comparse. Il remonta Bilbao jusqu'à retrouver, avec un certain soulagement, le jardin verdoyant à l'anglaise de son foyer.

Là, enfin, il reprit son souffle, le fils de pute.

La nuque raidie et le dos voûté il arrivait à peine à respirer. Une gaze de coton semblait étouffer ses bronches, laissant seulement un mince filet d'air entrer et ressortir. Comment la honte et le désespoir pouvaient-ils transformer la structure de l'oxygène ?

Le lendemain, après avoir hurlé à voix haute dans le réfectoire qu'il chiait sur Dieu, *joder, me cago en Dios*, il fut renvoyé. La bonne sœur qui faisait le service ce jour-là fut si choquée qu'elle laissa échapper une lourde pile d'assiettes de ses mains. Un fracas de porcelaine blanche, des vermicelles étalés au sol, une flaque de bouillon. Dans cette odeur de sel, de pain blanc et de vin rouge, elle cria *Santa María Madre de Dios* en se signant sans s'arrêter, comme une machine à prier. La sentence tomba peu de temps après : Julian, tu sors d'ici.

Libéré, il devenait adulte. Plus de mathématiques, plus de mains baladeuses du père lors des confessions au nom du Christ, du Saint-Esprit et de son petit Jésus crucifié dans le slip. Il franchit la porte en souriant et se jura de ne plus jamais revenir.

Julian décida alors de s'engager dans la Marine, en Galice. Cap à l'ouest, presque l'Amérique.

Qu'il aille se faire foutre saint Ignace de Loyola.

7

Victoria avait des responsabilités et dix frères et sœurs.

Les onze enfants de Dolores et Santiago formaient l'équipe de foot du malheur. Victoria était la gardienne des buts, elle encaissait les coups. Son retour dans le giron maternel avait été une punition, sa propre mère la haïssait et ne s'en cachait pas. Son père, pêcheur abruti par l'eau-de-vie, la cervelle aussi salée que la morue, la désirait. Victoria se sacrifiait sur l'autel du désir paternel en pensant sauver sa fratrie innocente des mêmes assauts. Comme un animal en cage, elle connaissait les parades pour leur éviter ce sort douloureux.

Elle se levait chaque matin avant la maisonnée et partait en courant sur le chemin de rocaille. Elle ralentissait une fois le cube de béton loin derrière elle. La force de gravitation changeait, Victoria s'allégeait. Chaque pas en avant était un pas de danse. Elle s'élevait, se déployait de son mètre cinquante-trois. Lorsqu'elle chantait un air galicien qui parlait du vent, des nuages, des rochers, de solitude et d'océan, elle devenait géante. Elle entendait la volée des cloches. Silence, tintements trois coups, silence, volée des cloches, c'était le signal de son rendez-vous quotidien avec Rosalía à la croisée des chemins de pierre. Les deux jeunes filles marchaient sur la route goudronnée du village, heureuses d'être là l'une pour l'autre. Sous le crachin et serrées sous une veste de toile noire, Rosalía enseignait à Victoria leur dialecte. Jusque-là, au couvent, Victoria n'avait parlé que le castillan avec les sœurs. Le galicien était interdit. Elle s'était sentie doublement étrangère en retournant dans la horde familiale, au milieu d'inconnus qui aboyaient cet idiome inconnu et antiespagnol.

Après avoir marché avec Rosalía, Victoria commençait son service dans une maison du bourg : ménage et repassage. Elle préparait également le repas puis partait vers une autre maison où elle répétait les mêmes gestes jusqu'au soir. Victoria aimait son labeur et ses tâches sans fin ; faire fondre la saleté, repasser les faux plis et retirer la poussière la délivrait du mal. Elle s'appliquait tant que ses patrons l'aimaient et elle les aimait en retour, chienne fidèle à la main qui nourrit et caresse.

Chaque soir, sans se poser de questions, elle rentrait jusqu'à la maison de ciment. Elle aurait pu fuir mais elle était comme aimantée par une force surnaturelle vers le chaos. Sur le trajet de retour, elle rapetissait alors, courbant l'échine au fur et à mesure qu'elle avançait sur la caillasse. Plus de nuage, de vent ou de chants : elle se concentrait sur la pointe de ses pieds qui souffraient en s'approchant du trou.

En s'adaptant à cette vie, le cerveau de Victoria s'était modifié, au lieu de grandir, de s'étendre ou de rêver, il réduisait. Toutes ses missions, ces collisions et agressions avaient modifié ses synapses, son activité neuronale s'amenuisait. Victoria ne dormait presque plus. Hypervigilante, elle redoutait les courts moments où elle somnolait, elle était alors en proie à des cauchemars violents. La structure de son hippocampe et ses hormones lui jouaient des tours. Victoria se mit à bégayer, cherchant ses mots, butant comme si elle avait oublié le sens du langage pendant sa nuit blanche. Il fallait qu'elle parle vite, qu'elle crache les mots comme des pépins d'orange. Elle se concentrait tellement qu'elle perdait le fil de ce qu'elle voulait dire. Avec Rosalía, elle avait moins de mal à s'exprimer. C'était sa première et véritable amie. Sœurs de combat, les deux brunes menaient une vie symétrique et avaient leurs règles en même temps, à la minute près. Complices, elles se frottaient vigoureusement le bas du dos, dans le creux des reins, pour faire partir leurs douleurs lancinantes. Elles partageaient les restes de plats ramenés de chez leurs patrons, qu'elles dévoraient sur le port de Gateira, leur regard tourné vers le Ferrol et son natif célèbre et craint, le nouveau leader de l'Espagne. Un chef de chez eux qui avait gagné la guerre. Vu les hommes de leurs familles, elles se chuchotaient que ce Franco devait lui aussi être un sacré fumier. Elles fantasmaient plutôt sur les marins de l'arsenal qui venaient de toute l'Espagne. Elles rêvaient de faire un jour la traversée en barque jusqu'à la ville, jusqu'à eux et leurs uniformes.

Victoria adorait quand Rosalía lui racontait son pèlerinage des trois vœux, elle suppliait son amie de lui conter toutes les étapes du parcours magique. Rosalía savait que son récit ne s'abîmait jamais auprès de son amie, qu'à chaque fois, il résonnait comme une histoire inédite. Victoria se promettait de le réaliser à son tour, quand elle s'échapperait de son clan féroce. Elle essayait de tout mémoriser. Pour commencer la pérégrination, aller à l'ermitage de Chamorro, allumer une bougie, prier la Vierge. Puis se rendre à l'ermitage de San Andrés, ne pas trop regarder en bas, car c'est la plus haute falaise du monde. Devant la bâtisse, poser une pierre, car *ceux n'allant pas au temple de San Andrés vivants, y vont une fois morts*, transformés en reptile. Enfin, descendre les ruelles autour du sanctuaire et acheter les amulettes de pâte à sel : le bateau pour arriver à bon port, le saint pour l'amitié et la santé, la colombe pour la paix, le poisson pour ne jamais manquer à manger et la fleur, symbole de l'amour. Rosalía répétait comment elle avait émietté un petit pain coloré dans la fontaine du saint pour faire son dernier vœu.

Il ne restait comme porte-bonheur à Victoria que ses œillets de mer séchés qu'elle cachait sous son linge. *Herba de namorar*, l'herbe de l'amour. Elle les ramassait chaque jour du printemps et de l'été sur les sentiers de la côte, là où s'arrête le salpêtre. Elle se fabriquait un petit bouquet éphémère mais gorgé d'espoir. Un jour viendra un homme et l'emportera, il fera disparaître la souffrance qui déchirait son ventre et son cœur.

Quand Victoria contemplait le roulis des vagues et les voiles des bateaux, elle caressait sa lèvre avec son pouce, dessinant une croix, encore et toujours, et elle se murmurait une nouvelle prière qui n'avait rien à voir avec la Vierge. Partir et ne jamais revenir.

Malgré les cernes, les attaques du vinaigre, du bicarbonate et de l'eau de Javel, la jeune Galicienne restait d'une beauté lumineuse, presque irréelle. Dolores, elle, vieillissait mais dormait de mieux en mieux et s'adoucissait grâce au sommeil retrouvé. Elle devenait ainsi une meilleure mère pour les enfants suivants. C'était grâce à Victoria, qui subissait les assauts du père, lequel libérait enfin sa femme de ses attaques quotidiennes.

Est-ce la prière quotidienne de Sor Isabel qui protégea la petite Victoria ? Ou le retrait habile de Santiago ?

L'adolescente ne tomba jamais enceinte.

8

Julian avait réussi à affronter sa mère la pute.

Grâce à soixante-quinze centilitres de vin, il l'avait dépouillée d'une belle liasse froissée de billets tel un proxénète en devenir. Elle lui devait bien ça. Sa honte de savoir sa génitrice le cul offert à des inconnus alors qu'il avait été placé en orphelinat à la merci de jésuites sodomites avait un prix. Il était déjà généreux de lui permettre de rembourser sa dette si rapidement. Il se justifiait : il avait besoin d'argent pour commencer sa nouvelle vie. Il était à la rue, renvoyé de l'école à moitié menuisier et absolument alcoolique : soit elle lui filait du fric, soit il s'installait chez elle. Il savait qu'il jouait gros mais il était parieur. Après avoir annoncé la mise, il attendit nerveusement dans le couloir. Josefa, silencieuse et suante de trouille, fouilla dans le tiroir de sa commode et se mit à compter la monnaie. Il n'osait pas foutre un pied dans la chambre de sa mauvaise mère, des images obscènes montaient aussi vite dans son crâne que la nausée. Le verbe de Julian était plus haut que lui, face à cette dure vérité mais au fond, il n'était encore qu'un petit garçon face à cette *puta madre*, un puceau sentimental et abandonné. En lui tendant l'argent, la mère répondit silencieusement à son fils : elle ne voulait pas de lui chez elle. Il ne la remercia pas, fourra les sous dans ses poches sans les recompter et dévala les escaliers, les pentes du quartier chaud pour la seconde et dernière fois, avant d'aller se rhabiller dans les boutiques de confection des sept rues originelles qui fondaient la matrice de la ville.

Dans le magasin de vêtements, il jouait à l'homme adulte. Il voulait du noir, il disait, ma mère est morte. Ça justifiait ses yeux humides. Il avait encore mal le couillon. Le cœur et le ventre vides, le vin et l'amertume lui avaient cuit les entrailles. Il s'arrêta au café Iruña pour manger des brochettes de viande pimentée dans du pain blanc et encore du vin. Cette fois du rioja. Il ne lui restait déjà presque plus rien du butin maternel. Toute sa vie, Julian dépensera la moindre pièce avec rage et vélocité. Combien de passes ou de pipes pour un ensemble de flanelle, des Camel et une bouteille ?

Julian quittait enfin Bilbao. Dans son sac en toile accroché au dos, il avait un ensemble neuf, quatre maillots de corps et quatre slips au coton d'une douceur et d'une blancheur bientôt passées, ainsi qu'un authentique béret noir en laine épaisse de chez Gorostiaga. Il pouvait au moins se targuer de son origine basque, son seul héritage. Il avança doucement le long de la côte nord. Dans un village de pêcheurs, il trouva un cousin plus ou moins éloigné pour l'héberger. La maîtresse de maison l'invita à rester. Julian avait un regard noir magnétique et, depuis sa sortie du giron jésuite, il avait laissé pousser ses cheveux. De rondes boucles brunes dépassaient désormais par-dessous ses lobes d'oreille, le parant ainsi d'un charme antique, d'une beauté primitive. En plus de son physique avantageux, il avait du bagout, jouait bien aux cartes et enseignait des tours de passe-passe à sa belle cousine contre une soupe de merlu et de palourdes. L'enjôleur aurait pu la faire fauter mais il faisait valoir chaque fois ses principes et une morale de *caballero.* C'était en fait une peur bleue de la brèche féminine.

Il repartit un matin dans la voiture d'une connaissance jusqu'à Oviedo et l'autocar qui le mènerait à sa destination finale : le port du Ferrol et l'embarquement pour son service militaire. Mais, devant le bus, il recompta les pièces et s'aperçut qu'il avait presque tout bu et qu'il n'avait plus assez d'argent. Il courut vers la poissonnerie, et prit un coquillage dans les poubelles. Il gratta le reste de corail et se fabriqua un collier avec la conque et un lien de cuir. Ce serait son costume pour jouer son rôle de pèlerin désargenté en route pour prier sur le tombeau de Jacques le Majeur.

Devant la dame du guichet, alors qu'il se mettait en scène en dévot, il s'imagina les pires sacrilèges, se voyant déféquer maintes fois sur l'hostie consacrée. Elle accepta de lui vendre un aller simple pour la Galice à moitié prix, et ainsi San Julián pu continuer son voyage.

Galicia, Fisterra, il arrivait à la fin de la terre. Une fois sur le port, il se dirigea à la caserne et intégra avec fierté l'infanterie de Marine. Au début pour deux ans, puis pour quatre. Puis pour six ans. Julian se fit des amis très vite grâce à ses talents au ping-pong et aux échecs. Le Basque était populaire, surtout auprès des jeunes femmes. Lors de ses premières permissions, il embrassa quelques filles, mais rien de plus que des sueurs froides au moment d'aller plus loin. Et puis, à dire vrai, faire ça dans un coin de rue sombre, ça ne l'emballait pas : il était pointilleux. Romantique. C'était surtout un éjaculateur précoce. Il n'avait pas franchi le col qu'il dégringolait déjà, guerrier frustré. Arrivé à la vingtaine, il n'avait jamais ensemencé qui que ce soit à part son slip.

De leur côté, Victoria et Rosalía avaient réussi à sortir en ce 31 décembre 1965. Elles avaient mis leurs plus belles tenues, lavées et repassées le matin même. La toile sentait encore le savon chauffé.

Pouvait-elle aller fêter le jour de l'an au Ferrol avec son amie Rosalía ? Pour gagner une autorisation de sortie, Victoria avait travaillé ses parents plusieurs jours, mielleuse et pieuse. Elle avait également rajouté beaucoup d'*aguardiente* dans le café du paternel et de la génitrice au moment de la requête. L'haleine chargée de caféine et d'éthanol, ses procréateurs avaient dit oui. Après s'être elle aussi servi un minuscule verre d'eau-de-vie pour se donner du courage, Victoria s'était enfuie dans la minute rejoindre Rosalía. Celle-ci avait subtilisé du maquillage à sa patronne durant plusieurs mois : en octobre, le crayon noir pour les yeux ; en novembre, la poudre ; et peu avant Noël, un petit morceau d'un vieux tube de rouge à lèvres. Elles se maquillèrent à l'arrière de la voiture de l'oncle de Rosalía qui partait travailler comme serveur en ville et avait accepté de les prendre avec lui.

Victoria n'avait pas besoin de maquillage pour s'embellir. Mais le soupçon de rouge qu'elle appliqua sur les lèvres et le noir dont elle souligna ses yeux verts mouchetés d'or firent leur effet. Ce soir-là, tous les types, énervés par l'euphorie de la Saint-Sylvestre, la regardaient et se retournaient sur son passage. Elle se mit à rire nerveusement après qu'un homme la siffla. En marchant le long de la rue de Castille, elle comprit soudain ce qui se passait : elle était jolie et avait visiblement un pouvoir sur d'autres hommes que son père. Elle en tremblait, aidée par l'hypoglycémie, tandis que Rosalía l'ensevelissait de questions : tu crois qu'on va embrasser un garçon ce soir ? Est-ce que tu sais comment faire ?

Tu as peur ? Comment on va rentrer ? Elles erraient le long des quais parmi les interrogations. Sous la lumière dorée des lampadaires, tout était nouveau pour elles. La musique résonnait dans les rades, c'était jour de fête, veille des promesses et vœux pieux pour la nouvelle année. Victoria répondit une seule chose : je dois manger sinon je vais vomir, je suis beaucoup trop nerveuse pour tenir l'estomac vide.

Elles étaient en train de commander à manger au comptoir d'un des bars de marins quand Julian entra. En quelques coups d'œil, il vit rapidement Victoria et confia dans la minute, à son camarade Alberto, qu'il venait de tomber amoureux. Il s'approcha d'elle alors qu'elle mangeait avec avidité et sans délicatesse des morceaux de poulpe huileux saupoudrés de paprika. Il lui paya un verre de vin blanc. Elle rit comme une enfant à chacune de ses blagues. Elle le dévisageait quand il parlait. C'était le plus beau garçon qu'elle ait jamais vu de toute sa petite vie. Ils s'embrassèrent après minuit et, sur un terrain vague, Julian perdit sa virginité avec elle. Il en pleura, caché dans son cou. Quelques semaines plus tard, Victoria le présenta à ses frères, ses sœurs et ses parents. Quand elle se rendit compte qu'il s'entendait bien avec Jesús, qu'il ne se moquait pas de l'*idiota*, elle fut certaine de l'aimer davantage. Santiago ne prononça plus un mot et un Parkinson fulgurant le paralysa. Dolores, elle, se réjouissait. Elle allait enfin pouvoir se débarrasser de cette excroissance qu'était sa première fille. Et puis, elle l'aimait bien ce Basque tatoué, il était plutôt beau garçon, pas trop *cabrón*. Il avait même réussi à la faire rire, elle, la femme la plus sombre et dure de toute la région.

Un mois après leur rencontre, Dolores intrigua auprès de Julian, elle savait qu'ils avaient couché et prétendait que sa gamine, mineure, portait son futur enfant et qu'il n'avait pas le choix, il devait l'amener à l'autel. C'était son devoir d'homme.

Julian épousa Victoria un 19 août. Elle n'était toujours pas enceinte.

9

C'était l'été 89.

Mon père était au comptoir de La Côte d'Azur, le bar à l'angle des rues du Quatre-Septembre et de la Michodière. Le quartier était vide, les bureaux étaient fermés le samedi. Pour avoir de l'animation, il fallait aller plus loin, sur le boulevard des Italiens.

J'étais assise sur un tabouret, fidèle enfant du paternel ivrogne. Cuisses suintantes sur le skaï, j'écoutais le *Boulevard des hits* sur mon bien le plus précieux : mon walkman Sony. Miracle de la modernité, l'auto reverse, la machine m'évitait d'avoir à retourner la cassette. Je n'avais qu'à laisser faire, la musique ne s'arrêtait jamais. *Je te survivrai aimons-nous vivants y'a pas que les grands qui ont des sentiments give me your hand darling welcome to the hotel California.* J'étais hypnotisée par le mirage que créait la chaleur caniculaire, la perspective de la rue se déformait, la ville devenait une succession de vagues, et le béton, roulis. Mon père, lèvres vermillon, yeux brillants, front humide, parlait avec Gérard, le patron du bar, mais je n'entendais rien. Je continuais de boire ma grenadine à la paille, j'arrivais enfin à la meilleure partie, le sirop rose et sucré pas totalement mélangé à l'eau de Vittel, lourde et salée. Le volume toujours au maximum dans mon walkman, je vis soudain mon père sortir du bar en titubant. Je compris immédiatement qu'il fallait suivre et sautai de mon siège haut. Mais il ne rentrait pas à la maison. Au lieu de ça, il s'arrêta et se mit à fixer un point invisible. Je le suivais comme un subordonné, petit soldat de saloon. J'arrêtai la musique. La posture de mon père était un signal de mauvais augure. Mains sur les hanches, mouvements latéraux des mandibules. Tu vois la roue du bus là Gérard ? Choisis celle que tu veux, à gauche ou à droite ? Allez, arrête… Fais pas le con Julian.

Il parlait d'un panneau de signalisation bleu sur lequel était dessiné un bus blanc. Mon père faisait le pari d'y mettre une balle, viser juste, pile dans le cercle d'une roue. Pourquoi ? Pourquoi pas ? coupa-t-il de son accent espagnol fruste. Le taux d'humidité, la canicule et le raisin putréfié avaient eu raison de sa raison.

Il partit seul vers le théâtre. *No te muevas*. J'obéissais, je restais plantée dans la rue mais je claquais des dents. Ma transpiration se glaça en un instant. Il revint avec un revolver et ce con, il tira. Et la balle traversa le panneau pile dans la cible, comme dans un western spaghetti. Je fixais le panneau, extrasystoles dans ma trachée et bourdonnement dans les oreilles. Je n'osais pas regarder le tireur d'élite.

Chez nous, il y avait des fusils, des sabres, des poignards accrochés aux murs, j'étais habituée aux armes. Mais je découvrais pendant cette énième démonstration de violente domination, une nouvelle pièce de son attirail, un revolver. La chaleur transformait le bitume en une matière molle, Haussmann dérivait, ses bâtiments n'étaient plus qu'une pâte fluide et grise. Une douleur me tordait le ventre et les tympans. Le sifflement dura quelques jours. Je ne sus jamais ce que mon père gagna en transperçant cette roue mais le départ en vacances prévu le lendemain se déroula sous les meilleurs auspices.

Tous les étés nous allions à Bilbao. Nous passions huit heures dans le wagon fumeur du train qui nous menait de la gare d'Austerlitz en Espagne. Nuage de cendres sur Picsou, Mickey et Donald. On descendait à Irún, passage de frontière, sous les yeux de la *guardia civil* et leur uniforme couleur caca d'oie. Dans la queue des douanes, je n'avais pas encore dix ans que je me sentais déjà coupable de je ne sais quoi. Je me sentirai coupable toute ma vie, devant les portillons des grands magasins, ceux de l'aéroport, devant les flics, les professeurs, les contrôleurs et les directeurs.

Quand j'observais mon père arriver à Bilbao, j'avais l'impression de voir une vedette de cinéma. Il portait ses plus beaux polos, des chemises Lacoste neuves, ses poches étaient pleines de billets, des centaines de francs qu'il changeait contre des milliers de pesetas. Une année de travail se transmutait en restaurants, côtes de bœuf, glaces et cadeaux. On vivait là comme des riches mais tout le quartier se foutait discrètement de notre gueule, nous étions les *pijos*, les bourgeois, *franchutes*, les Français. Pas d'ici. Je sentais bien le regard des autres enfants sur moi, nous avions le même âge et pourtant nous n'avions pas grand-chose à voir. Je voulais être espagnole comme eux mais j'y arrivais mal. Ils jugeaient mon accent, me jaugeaient, mais j'étais habile. Pour m'intégrer, j'arrosais allègrement la bande de gosses du quartier de bonbons gélatineux, paquet de chips, je prêtais ma Game Boy à qui voulait. Je passais ma vie dehors et j'étais aussi heureuse sur les terrains vagues aux seringues usagées que dans les humbles potagers des vieilles dames à chat. Je montais à l'arrière des vélos des garçons, les jambes bronzées comme des knackis, le cœur battant d'une midinette. Ma mère, elle, vivait sa vie, elle papillonnait avec son mascara bleu. Plus rien à récurer, la femme de ménage se transformait sous mes yeux en femme moderne.

Mon père me forçait souvent à traverser la ville avec lui. On marchait toute la journée dans Bilbao. Il m'emmenait dans les bars indépendantistes, son église à lui. Il n'avait qu'une religion, l'ETA. C'est en cela qu'il croyait, l'indépendance de son pays de naissance, d'une victoire acquise par les armes, les bombes et les prises d'otages. Tous les étés, il achetait un t-shirt de propagande à chaque membre de notre gang de pacotille. L, M et XS, drapeau vert blanc et rouge. *Euskadi Ta Askatasuna.* La liberté pour le Pays basque. Handicapé du verbe originel, enfant bafoué du franquisme, il ne parlait pas l'euskara mais il aimait la violence et la rébellion. Il me répétait ses noms de famille dont il était si fier, la seule preuve de son origine. Ma mère ramenait des images pieuses et de la charcuterie sous vide, mon père rapportait du merchandising de séparatiste. Le Pays basque pour les Basques était son mantra, lui l'immigré qui habitait Paris et buvait du bordeaux dans un restaurant grec tenu par des Égyptiens. Il voulait incruster dans ma cervelle cette fierté de l'appartenance, tu es basque, tu n'es pas espagnole.

Tu es née ici. Le premier enfant d'une famille basque devant naître au pays, même s'il a émigré, j'étais donc née à Bilbao. Pour honorer la tradition. Ma mère et lui étaient alors revenus ici en ce mois de novembre 1979.

L'été de mes dix ans, il me traîna dans la ville sans relâche. Nous n'avions que quatre semaines de congés payés pour que je mémorise le berceau de la famille. Déambulations concentriques jusqu'à l'épuisement. Je devais connaître le nom des rues de Bilbao par cœur. Main dans la main de mon père, je regardais son tatouage se balancer et s'élever vers le ciel lorsqu'il me désignait un bâtiment très haut : tu es née ici. Je m'en fichais royalement, mais mes intestins eux, se tordaient devant la montagne de briques rouges qu'il m'indiquait. L'immeuble n'était plus une maternité. Pas de bébés mais encore un bar au pied de l'édifice, comme d'habitude dans cette ville aux mille comptoirs et aux innombrables cafétérias où l'on joue à la machine à sous en mangeant de la tortilla épaisse et baveuse. Cette fois-ci, je me courbais un peu plus que d'habitude, essayant de calmer mon ventre douloureux. La souffrance était bien là mais, en bon Sancho Panza, je continuais la marche urbaine aux côtés de mon père le Quichotte, jusqu'à la prochaine étape, son école : la Miséricorde. Nous faisions face à un bâtiment massif et effrayant. Après en avoir traversé le jardin digne d'un conte de fées macabre, au détour d'une fontaine à quatre étages et d'un saule pleureur, nous nous faufilâmes à l'intérieur. Dans les couloirs erraient des vieillards en fauteuil roulant ou déambulateur, et des religieuses blanches comme des spectres. Son pensionnat était devenu une maison de retraite. L'odeur âcre des fluides des mourants me serrait la gorge. D'un coup, mon père se fige et dévisage une très vieille bonne sœur. Il s'approche d'elle. Sor Angela ? La femme a une peau et des cheveux presque transparents. Elle le regarde. Julian ? Comment est-ce possible ? Il retrouve celle qui l'avait fait renvoyer alors qu'il avait juré par tous les saints dans le réfectoire des dizaines d'années plus tôt. Il n'affiche aucune colère, les deux témoins abîmés d'une période révolue sont émus de se voir. Sous mes yeux, la sœur lui demande pardon et mon père redevient un jeune garçon. Fragile et touché, il enlace la brindille du Seigneur.

Et la miséricorde fut.

Avant notre retour en France, nous nous rendions chez ma grand-mère paternelle, une femme obèse aux cheveux courts, visage de batracien, à qui on ramenait toujours une petite tour Eiffel et un kilo de pêches. Elle mangeait ses fruits préférés avec une voracité qui me dégoûtait, la pulpe trop mûre coulait entre ses doigts entrelardés de bagues. Je pouvais lire un reliquat de haine dans les yeux de mon père lorsqu'il la fixait. Cette visite était un passage obligé, acide et écœurant, qui signait la fin des vacances. Nous pouvions alors quitter Bilbao où nous avions été un peu plus riches et plus heureux que l'an passé. Lors de cette dernière étape estivale, je me faisais un rappel à l'ordre secret : je devais me méfier des gâteaux ou je deviendrais obèse comme elle, victime de la génétique et de l'hérédité. Je me promettais de ne pas trop manger pour ne pas finir avec les mêmes bourrelets suintants et son souffle si court, celui d'une chienne en chaleur.

Ce même été, dans le train du retour, j'eus la sensation qu'une lame me transperçait les boyaux. Ah, la petite est fragile, elle a toujours une maladie, quelque chose qui ne va pas. En l'espace de ces quelques semaines de juillet, j'avais allègrement transité d'angine en bronchite en otite. J'étais une enfant souvent souffrante c'est vrai, fébrile et alitée. Mes parents se rassuraient en me faisant avaler toutes les molécules prescrites par les pédiatres. Mais cette fois, la douleur ne me quittait pas malgré les médicaments. À Paris, une suspicion d'appendicite fut confirmée par un toucher rectal à l'hôpital. Verdict sans appel. Ablation de l'excroissance en urgence.

Quatre points de suture, fin de l'été et fin de l'enfance.

Dix jours plus tard, je ferais ma rentrée en sixième au collège Condorcet.

Toute la journée, je me répétais : le condor sait, le con d'or c'est.

10

Pour la première fois, je mangeais à la cantine.

J'ai bientôt onze ans et je pousse un plateau le long de deux rails en métal. Il fallait faire vite, choisir entre la peste et le choléra, pressée par les grands. Sous mes yeux s'étalaient les splendeurs de la nourriture industrielle. Enfin la France s'exprimait dans mon assiette : cordons bleus, carottes râpées, hachis Parmentier, concombres à la crème, céleri rémoulade. Tous ces mets exotiques étaient pour moi synonymes de modernité et de liberté. Salé, acide, tiède. Je jubilais de faire mon entrée dans le monde grâce à la cuisine du réfectoire. Mon baptême se ferait avec un très long cheveu découvert au cœur d'une paupiette de veau, je le tirais hors de ma bouche de pucelle sans même en être dégoûtée. Le troc de Babybel me permit rapidement de me faire des amies. Je rencontrai des jeunes filles fraîches et françaises qui pourraient me faire sortir de mon territoire hispanique moyenâgeux entouré de barbelés. La première à me tendre la main portait le prénom prometteur de Flavie. En me liant à elle, je tournais le dos aux autres comme moi, les filles du rez-de-chaussée, espagnoles, portugaises et yougos. Je devenais un peu française.

Rêvant de m'appeler Sophie ou Julie, je tenais parfaitement mon rôle de jeune fille modèle devant les parents des copines qui m'invitaient à dîner, à dormir. Je jouais au singe savant. Oh, qu'elle est cultivée pour une fille de femme de ménage ! Musées, expositions, cinéma, théâtre. J'étais l'éternelle invitée. Je faisais mon effet sur les parents des autres, un mélange de pitié et d'épate quant à mes origines. J'exagérais le trait ; je les regardais comme des sauveurs et les écoutais plus que leur progéniture. Je buvais leur savoir et leurs connaissances. Nourrie et repue par leur bourgeoisie, je pouvais enfin m'éloigner de mon duo parental bruyant et angoissant. J'avais grandi comme une souris de laboratoire en captivité, j'avais enfin trouvé la sortie du labyrinthe que mes parents avaient construit autour de moi.

Hélas, mes velléités d'être une jeune fille rangée et bien éduquée se dissipèrent vite. Chacune de mes années de collège se soldait par un nouveau record d'heures de colle, de renvois, et une nouvelle expérimentation de substance enivrante. En sixième, les clopes Chevignon aussi rugueuses qu'un pull en laine, crapotées sous un porche d'immeuble. Cinquième, Lucky menthol, ressentir simultanément dans la gorge la fraîcheur douloureuse du chewing-gum et de la fumée. Croire que l'odeur de menthe l'emportera sur celle du tabac. Quatrième, enfin, l'indiscutable Marlboro light. Je fumais librement devant mes parents, ma mère m'achetait mes cigarettes en même temps que celles de mon père. Elle me les donnait avec mon argent de poche sale, des billets de francs suisses et des dollars qu'elle recueillait dans le pli des banquettes du bar à hôtesses où elle faisait le ménage. Quand j'allais la voir là-bas, l'odeur me saisissait. Le parfum lourd de l'eau de Javel coulant sur les mains de ma mère, qui, sans gants, épongeait le sol.

Je blanchissais mes grosses coupures tachées de sperme au bureau de change de l'avenue de l'Opéra et avec, je m'achetais du shit. De la skunk. De l'air sec. Des romans. Plus tard, de la coke. Des vêtements. Du LSD. Des ecstas. De l'héro. Je n'aimais rien tant que sécher les cours, fumer dans le jardin des Tuileries et planer au musée du Louvre. En apesanteur, j'arrive enfin au lycée.

J'ai quinze ans, Oscar Wilde et le laboratoire Roche sauvent mes nuits. Mes Converse battent le pavé le matin dans la cour du bahut et m'ouvrent bientôt un nouveau cercle, celui des jeunes filles de gauche du lycée Lamartine où je fais mon entrée.

Je roulais des pelles de temps en temps, tombais amoureuse beaucoup plus souvent. Je ne croyais pas que l'on puisse m'aimer, tellement je me sentais laide et sans valeur. Mais je souriais telle une imbécile heureuse, comme l'avait annoncé le premier garçon que j'ai regardé. À chaque moment de mon existence, l'infamie de ma naissance m'était rappelé : quand je me rasais les jambes, quand je me décolorais le duvet au-dessus de ma lèvre, quand je disais mon prénom. *Maria, tiens, c'est marrant, tu t'appelles comme notre femme de ménage !* Je souffrais souvent d'un cruel rajout sonore moquant mon origine. Ce chuintement. Mariachhh touvafair lé ménachhh. Je faisais mon affaire en riant avec eux, tassant ma honte au plus profond. Mais je morflais. Parfois, je mentais, mes parents devenaient directeur du théâtre et femme au foyer. Pour oublier ce paternel violent, cette mère esclave et notre douleur commune et inexplicable, je sortais toutes les nuits et me droguais autant. Mes seules et rares amies devenaient mes sœurs, nous communiions le mercredi au Queen, le jeudi au Pulp, le vendredi au Rex, le samedi matin en classe ou à l'infirmerie, en descente. Nos saints patrons étaient les Daft Punk.

Dans le sous-sol des clubs, je dansais la tête dans les enceintes, dispersion des cristaux dans mon oreille interne. *Rollin' & Scratchin'*. Je lévitais. Ma cervelle s'arrachait, mon cœur explosait, vertige paroxystique.

J'avais le sourire d'une dévote.

11

Je n'avais qu'une certitude : je voulais faire du cinéma. Réaliser.

Comme Emir Kusturica, Jane Campion, Arnaud Desplechin. Ce désir ne m'avait pas quittée depuis le jour où j'avais vu pour la première fois *Le Temps des gitans* sur Arte. Grâce à mon amie Flavie, j'avais fait une infidélité aux chaînes hertziennes et putassières familiales. Adieu Patrick Sébastien, Jean-Pierre Foucault. Louis de Funès et Bruce Willis. Je m'aventurai un soir sur la chaîne de télévision où l'on parlait allemand, où des femmes dansaient bizarrement, où les films étaient en version originale. C'était encore plus dérangeant que le mauvais téléfilm érotique du dimanche sur la 6. Les chants, les dents en or et l'onirisme tragique m'ont transpercée et convaincue. Le babil de Paul Dédalus m'envoûtait. Le trou dans le bas de laine d'Holly Hunter dans *La Leçon de piano* me chavirait.

Je m'en fis la promesse : je serais cinéaste.

EXTÉRIEUR JOUR – RUE DU FAUBOURG-POISSONNIÈRE

Devant le lycée Lamartine, trois jeunes filles discutent. L'une d'elles mange un panini, les deux autres fument.

JUDITH
Hey, c'est Arnaud Desplechin. Là-bas.

Judith désigne le trottoir d'en face.

MARIA
Ah putain ! J'ai adoré son film.
Attends, je vais aller le voir !

Marion rigole et manque de s'étouffer avec son panini trois fromages. Maria traverse, sans réfléchir. Elle s'approche d'un homme, la trentaine, blond, veste en velours côtelé marron, écharpe de laine rayée.

MARIA
Monsieur, bonjour, vous êtes Arnaud Desplechin ?

L'homme, surpris dans sa marche rapide, s'arrête. Il répond, circonspect.

ARNAUD DESPLECHIN
Oui…

MARIA

Je voudrais faire le même métier que vous, réalisateur. Qu'est-ce que je dois faire ?

L'homme sourit.

ARNAUD DESPLECHIN

Vous devez faire des études de cinéma… Faites la Fémis !

MARIA

La Fémis, ce n'est pas un peu sectaire comme école ?

ARNAUD DESPLECHIN

Pour faire du cinéma, il faut être sectaire mademoiselle !

L'homme accompagne sa phrase d'un geste bref, romanesque, il remet le pan de son écharpe autour de son cou.

ARNAUD DESPLECHIN

Au revoir.

Il s'en va.
Maria le regarde descendre la rue du Faubourg-Poissonnière. Elle traverse en courant vers les lycéennes qui la fixent, épatées.

JUDITH

Alors ? Il t'a dit quoi ?

MARIA

Bon ben, faut que je fasse la Fémis.

Je quitte le fameux réalisateur avec un nouvel objectif : intégrer l'école des cinéastes.

Le 31 décembre 1999, mon père menace son patron, le directeur du théâtre, avec une balle de flingue (je n'ai pas le détail du calibre).

Elle est pour toi celle-là, *hijo de puta*. Il passe son premier jour de l'an 2000 en garde à vue au commissariat du deuxième arrondissement et devient le terroriste de boulevard, il se fait licencier.

Victoria trouve rapidement un nouveau job de concierge à deux pas du théâtre, dans un immeuble cossu de la rue du Quatre-Septembre, et nous déménageons dans une loge où mon père, au chômage, ne parle plus. À partir de là, il se referme et se suicide lentement à l'alcool.

Avant la fin de l'année scolaire, je m'inscris à l'université Paris VIII en cinéma. Je fixe mon salut à la pellicule et aux histoires.

12

Sol y sombra. Soleil et ombre.

C'est ainsi que l'on achète ses places pour une corrida. C'est aussi le nom d'une boisson composée de deux centilitres de cognac mélangés à deux centilitres d'anis. En cet après-midi du mois d'août 1975, Julian en sirotait dans le bar faisant face à la Vista Alegre, l'arène de Bilbao. Il n'y avait qu'un ciel gris et lourd qui couvait les aficionados. Victoria ne connaissait pas l'art de la tauromachie et se trouva vite perdue, elle, la Galicienne, la petite brune des terres océaniques, mais elle se laissait porter par la fougue du public. Elle avait hâte que le spectacle commence, son impatience à peine perturbée par les brûlures d'estomac causées par le tord-boyaux que lui avait fait boire son jeune mari. Au sujet de ce qu'elle s'apprêtait à voir, Victoria savait seulement ceci : les hommes pouvaient mourir, un taureau allait mourir.

Elle fixait le sourire de Julian. Il était fier d'être là et d'offrir une sortie de gala à sa femme. Ses paupières mi-closes, fermées par le mélange de liqueurs peu digestes, lui donnaient un air prétentieux. Il fanfaronnait tel un grand spécialiste de la corrida en la dirigeant dans les couloirs : lui c'est une merde, lui il est capable. Le *miura*, lui, c'est le roi des taureaux. Julian connaissait toujours plus de choses qu'elle. Victoria le mettait en valeur avec son regard subjugué et sa beauté. Julian sentait sur eux les œillades des autres, hommes et femmes, alors qu'ils s'installaient dans les gradins. Il avait acheté les places les plus chères. Il fera ça toute sa vie, dépenser sans compter. Toujours, Julian aimera être le plus riche des pauvres.

Ils étaient assis près de l'arène, Victoria, hypnotisée par les fesses de l'homme moulées dans leurs collants de soie rose. Elle repensait à celles de Julian qu'elle serrait fort dans ses mains quand il la prenait. Chaque fois, elle s'accrochait à la pensée magique qu'elle allait tomber enceinte. Tomber. Rien d'autre ne tombait vingt-huit jours plus tard, que des menstruations douloureuses, les reins rompus. La déception coulait entre ses jambes. Écarlate, le long de sa fine peau si blanche.

Le premier taureau meurt. Le torero n'enchante pas l'arène. Il gagne les applaudissements mais pas l'oreille de l'animal : le public ne sort pas de mouchoir blanc. Julian explique les détails à Victoria en recrachant la fumée de sa cigarette. Il parle dans une alternance d'apnée et d'expiration blanche maîtrisée. Julian attend Paco Camino, la vedette du jour. L'Andalou entre dans l'arène en même temps qu'une pluie fine commence à arroser le public. Certains spectateurs mettent leur journal au-dessus de leur tête ou leur veste. Victoria a son parapluie mais elle ne l'ouvre pas, elle regarde les passes de cape, percaline rose et jaune. Elle pense au couvre-lit en matière synthétique du canapé sur lequel ils dorment, dans le salon de leurs amis. Julian travaille comme menuisier, Victoria fait ce qu'elle sait faire, elle nettoie, ils ne se plaignent pas. Pourtant, malgré leurs beaux sourires, le vin rouge gangrène le cœur de Julian et une tristesse originelle macère au fond de lui avec les tannins. Il est jaloux des regards sur Victoria. Elle lui jure qu'elle n'aime que lui. Mais quand il découpe le bois, la tête remplie de sciures et d'obsessions, il se demande où elle est, avec qui elle est.

Le regard de Victoria va de Paco Camino et sa tenue de lumière, aux cornes du taureau, mastodonte noir et lustré. Le sang des premières blessures du picador se mélange aux gouttes de pluie de plus en plus grosses. La cigarette de Julian est détrempée, elle s'éteint. L'eau prise dans les cils ébène de Victoria lui floute la vue, elle ouvre alors son parapluie quand le torero s'élance face à la bête et, dans un élégant jeu de pieds, lui plante la première paire de banderilles. L'assemblée frémit. Deuxième paire de banderilles. Le taureau faiblit. Julian crache les minuscules brins de tabac qui restent collés sur ses lèvres. Victoria sent monter en elle une chaleur singulière dans le creux de son ventre en contemplant le ballet de l'homme féminin.

Troisième paire de banderilles. La pluie transforme le sable en pâte grège. Le matador est trempé, les parapluies s'ouvrent les uns après les autres. C'est fini. Victoria regarde l'homme sous la clameur, cul serré, pieds collés, sa main sur la hanche gauche, il salue alors qu'une averse historique signe le sursis du taureau. Victoria récapitule dans sa tête ce que Julian lui a appris : agiter un mouchoir, jeter des fleurs. Il en sait toujours plus qu'elle. Sur tout. Elle lui répète si souvent : moi, je n'ai pas été à l'école. Victoria est rassurée de savoir que Julian manœuvre, qu'il a des coups d'avance. Elle compte sur le cerveau de son mari pour mener leur vie et laisse le sien se désagréger au fil des années.

Pour se lever, Victoria s'appuie sur l'épaule de Julian, l'humidité de ce pays commence à rouiller ses articulations. Elle lance alors, avec vigueur, son parapluie sur la piste, ses iris verts et mordorés illuminés par la malice. L'homme de lumière regarde l'objet noir atterrir sur le sol, il s'approche, lève les yeux vers Victoria. Julian est paralysé, englué dans la honte. Le trompe-la-mort s'avance, saisit l'offrande et avec la prestance d'un empereur, lance un salut vers la petite femme, encore émue de son audace. Puis il s'approche de la barrière. Le public entier est saisi. Personne ne part malgré la pluie. Le torero appelle sa *cuadrilla*, les *peones* viennent écouter ses ordres, les obligés s'agitent autant que le cœur dans la poitrine de Victoria. Paco Camino récupère deux banderilles et les tend à la femme avec un sourire.

À leur retour, Julian jettera les piques ornées de papier multicolores dans la benne à ordures en bas de chez eux. Ce n'est pas dans le garrot du taureau que le torero les a plantées, mais dans son orgueil. Vexé, il prendra Victoria ardemment ce soir-là. Le coup de corne du mari sera une fois de plus stérile. Autour d'eux, leurs amis font des enfants, deux, trois. Pour l'Espagnol modeste en temps de dictature, l'enfantement est la seule valeur, le produit intérieur brut. Mais Victoria et Julian restent pauvres.

Un ami d'ami leur parle un jour d'une opportunité en France. Il dit : *la rua de la Pompe, la avenida Foch, una loge de guardián, una habitación de bonne*. Il y a du travail à Paris. Les espadrilles du couple fouleront bientôt l'avenue des Champs-Élysées, promesse d'un nouveau départ au pays de Tino Rossi et du camembert. Devant l'Arc de triomphe, ils se prendront chacun leur tour en photo.

Savent-ils que c'est un tombeau ?

13

Je regardais fixement le chignon de Kim Novak sur l'écran du téléviseur.

Mais je ne pensais qu'à ce garçon qui venait d'entrer dans la pièce.

J'ai vingt ans. Les bises claquent. Les prénoms se répètent, salut, salut. Maria, Robin, enfin on m'appelle Rob.

J'avais déjà vu *Vertigo* d'Alfred Hitchcock à la fac, mais je ne voulais pas refuser ce rendez-vous de mes amis cinéphiles, musiciens et drogués, tenu dans un appartement sans fenêtre du treizième arrondissement surnommé *La Flibustière*. Un ciné-club skunk et VHS.

Je fus aussitôt obsédée par Robin, autant que le personnage de Scottie par Madeleine dans le film. Visage aux doux contours encadré de longs cheveux châtains, j'avais l'intuition de rencontrer l'homme de ma vie. Et, malgré des amours proches du désespoir, une incapacité à être en couple, cette intuition était la bonne. Quel a été le détonateur cérébral ou hormonal qui m'a tout de suite informée, avec une voix honteuse, que le père de mes enfants venait de rentrer dans la pièce ? Je ne sais toujours pas. Pourtant, jusque-là, je ne m'étais jamais vue enfanter, ni envisagée mère. Fille unique sans frères et sœurs, je n'avais pas fait de baby-sitting, jamais tenu un bébé dans mes bras. Je me considérais comme une enfant pour la vie. Et j'étais tout à fait persuadée que j'allais mourir jeune.

J'étais pourtant fertile, j'avais déjà avorté deux fois, une première fois en terminale, quelques jours après mon bac, dans une clinique de la périphérie parisienne. IVG par aspiration, la grossesse était trop avancée pour la fameuse pilule abortive RU486. J'avais dû passer les épreuves du baccalauréat enceinte ; je dissertais sur la Quatrième République, la Rust Belt ou Cervantés, percluse de nausées. Et une deuxième fois quelques années après. Ma mère ne m'avait jamais amenée chez le gynécologue, je ne savais pas ce qu'était la pilule, j'avais appris tardivement et avec affliction, les méthodes de contraception.

À l'écran, l'héroïne blonde hitchcockienne chutait et se fracassait au sol dans la mission espagnole californienne et j'étais traversée par une vague de désir sans précédent. J'allais manœuvrer pendant plusieurs mois pour enfin pouvoir embrasser Robin. De concerts en after-shows, de squats en dîners, le grand brun musicien des Yvelines et la petite Espagnole survoltée du rez-de-chaussée passèrent finalement leur première nuit ensemble à la lueur d'une lampe à huile psychédélique bon marché.

Au mois de juin de 2001 débutait notre odyssée. Aventures exaltantes sous les auspices de l'amour, le vrai, le plus dégoulinant du monde. Sans aucune vergogne, nous étions fous l'un de l'autre.

Galvanisée par toute cette affection, je tentais en même temps ma chance au concours de la célèbre école de cinéma dont un réalisateur français m'avait soufflé le nom, la Fémis. Et, *madre de dios*, j'étais admise. J'avais gagné ma place, moi, la mauvaise élève du fond de la classe, celle qui peinait chaque année à aller en classe supérieure. Vous vivez sur vos acquis, lacunes, bavardages incessants, qui êtes-vous Maria ? Mademoiselle Larrea, vous n'aurez pas votre bac.

Cette réussite, qui n'avait, encore une fois, épaté que les parents des autres, n'avait pas illusionné ma mère plus que ça. Pour elle, j'aurais dû apprendre un vrai métier. Elle ne comprit jamais vraiment ce que je faisais, je lui fis la promesse de ne pas réaliser des *películas de mierda*.

Par un étrange effet de répétition, je tombai enceinte de l'être aimé par accident et l'appris quelques jours seulement avant ma rentrée dans l'école de mes rêves. Sabotage ? La décision d'interrompre à nouveau une grossesse était plus difficile, cette fois je me l'étais dit :

c'est le père de mes enfants. Il fallait choisir entre la réussite républicaine scolaire, celle que certains professeurs m'avaient interdite, et fonder une famille. Je passai la porte des anciens studios de cinéma de la rue Francœur, de nouveau saisie par des nausées irrépressibles. J'avorterais dans un bain de sang quelques jours plus tard.

J'avançai et je continuai mon chemin dans le prestige des métiers de l'image et du son. Pour mes débuts de metteur en scène, je décidai de travailler sur mes souvenirs d'enfance, réalisatrice en herbe filmant platement son nombril. Je cherchais une explication à ma première partie de vie chaotique et violente et me servais de ma caméra pour tenter de fixer le cannage de ma chaise généalogique. Comprendre la migration de mes parents espagnols, décortiquer la violence de l'existence de notre trio. Chercheuse d'or en 35 millimètres, je tamisais ma mémoire, je ne trouvais rien d'autre que ce que je savais mais je réalisai mon premier court-métrage.

Dans cette école, je passerais parmi les plus belles années de ma vie, élève boursière et aimée, je me sentais née pour ces quatre ans où mon patronyme prenait tout son sens ; Larrea département réalisation, la réal, larreal. Je me réalisais d'autofiction en comédie. Robin, lui, composait, sans contrat avec une maison de disques. Notre salut financier vint des premières tournées internationales avec Phoenix. Il était embauché pour les accompagner aux claviers. Il jouait du piano debout, assis, en France et aux États-Unis où j'allai le rejoindre, en me payant, grâce à ma bourse, mon aller-retour transatlantique.

Premiers pas sur la terre mythologique du cinéma, Los Angeles, bénédiction des dieux d'Hollywood sur notre couple. Nous nous mariâmes à Las Vegas, comptant nos maigres dollars pour payer nos deux bagues, l'une en plastique, l'autre thermosensible. Minuit dans une énième Graceland Chapel. Le pasteur était une femme obèse. Sous ses mains, elle ne tenait pas la Bible, ses doigts épais se baladaient sur une table de mixage où elle réglait les niveaux sonores de la marche nuptiale. Tadamtadam, tadamtadam. *By the authority committed unto me, I now proclaim that Robin and Maria are husband and wife.*

Enorgueillis de notre amour sous contrat marital du Nevada, nous dupliquâmes les noces en France sous le drapeau de la République, le regard de Dieu et son abominable abbé aux commissures des lèvres accablées d'une répugnante perlèche. Il parlait des femmes trop souvent infidèles. Le diable me disait à voix basse qu'un jour je haïrais cette même Église.

J'ai vingt-cinq ans et je tombe à nouveau enceinte pendant la nuit de noces, au lieu dit de Port Paradis. C'est ma dernière année d'études, le destin de l'enfantement anticipé se répète. Mais cette nouvelle me rend très heureuse, cet enfant je le voulais et je le garderai.

Adam.

Né sous le signe des Gémeaux. Neuf mois plus tard, je tenais dans mes bras un enfant blond aux yeux bleus et à la fossette mystérieuse au menton. Nous cherchions les ressemblances avec les autres membres de nos familles, examinant dans ses traits l'hérédité, comme chaque parent. La fossette restait introuvable mais qu'importe, notre bébé n'était que beauté absolue, grâce contenue dans le plus petit et élégant visage, lové au creux de mon sein. L'amour est immédiat mais tremblant, teinté de l'insécurité de mal faire, de ne pas être à la hauteur du défi de la maternité.

Je voudrais oublier à jamais la voix stridente de la sage-femme au putain d'accent méridional qui me menaçait. Poussez, sinon je me fâche. Comme j'aimerais effacer l'erreur de scalpel de l'élève sage-femme, son geste maladroit qui conduisit à la béance intérieure. Tissus de mon vagin, de mes muscles et de mon derme, suturés au surjet de vicryl 3,5. Ma cicatrice à l'entrejambe, cicatrice transformée en mots soulignés de rouge dans mon dossier médical : déchirure du périnée complet compliquée. Blessure du jour où je deviens mère, blessure de naissance et de vie.

Je pressens que cette complication possède un sens caché. Je l'énonce cette fois-ci à voix haute dans la salle d'accouchement en disant à Robin : un jour je comprendrai pourquoi.

14

J'arrivais un dimanche d'avril chez Ève.

De longs cheveux blonds, un air de Marilyn Monroe. Elle m'accueille dans un étrange appartement de Neuilly-sur-Seine. Je suis la frêle silhouette dans le sombre dédale d'un appartement haussmannien aux murs recouverts de mandalas, odeur de rose et de santal, images de saintes indiennes. Tout concorde : je suis bien chez une mystique de l'an 2000. Je l'écoute me parler de la kabbale ou d'alchimie, je suis là pour apprendre l'art du tarot.

Depuis quelque temps, je m'en remettais aux cartes, après les avoir découvertes, grâce à Alejandro Jodorowsky. Le cinéaste et auteur de bandes dessinées lisait le tarot chaque mercredi dans un café du douzième arrondissement, le bien nommé Le Téméraire, où nous nous rendions entre deux tournages avec mon amie chef opératrice Louise.

Le bistro était un rade parisien comme je les connaissais, en bonne fille d'alcoolique passée depuis l'enfance de l'Orangina à la bière pression. Il y a toujours du monde, chacun espère avoir un tirage du gourou aux cheveux blancs. Ça parle espagnol, les sonorités sont délicieuses. Mexicains, Chiliens ou Argentins, ils me rappellent que ma langue maternelle n'est pas que celle des concierges et des femmes de ménage. Un nouveau monde s'ouvre à moi mais je me sens toujours du mauvais côté de la barrière, fille du pays d'Isabel la Catholique et des salauds de conquistadors.

Chaque fois, le même rituel, le mage Jodo arrive en costume noir. Il prend place et installe son petit tapis de feutre violet sur sa table. Une chaise est vide en face de lui. On tire au sort celle ou celui qui aura la chance de le consulter. Alejandro a un sourire irrésistible, sans cesse amusé, regard juvénile, il écoute avec attention les histoires, des plus sombres aux plus banales. Une question, trois cartes, il saisit avec une rapidité déconcertante le problème du consultant et fait le plus souvent son ordonnance habituelle : un acte psychomagique. Mise en scène de guérison, règlement de compte avec les morts, les absents, les mauvais.

— Je t'économise dix ans de psychanalyse !

Cette phrase revenait régulièrement chez le magicien d'Oz chilien. J'assistais aux séances, raffolant des recommandations données : l'une devait coucher avec son compagnon le sexe peint en rouge pour régler une peur panique des chiens ; un autre avait pour mission de donner vingt et un coups de fouet sur la tombe de son grand-père incestueux. Une était incitée à aller se faire refaire le nez, le sien était disgracieux, copie conforme de celui de son père, elle n'en avait plus besoin, assurait Jodorowsky.

J'en voulais toujours plus, plus de tirages, de réponses. Je pensais sans arrêt au tarot de Marseille, à ses arcanes et leurs symboles épais, leur aspect parfois terrifiant. Encore et encore, étaler les lames de gauche à droite, qu'elles écrivent pour moi des phrases libératrices, qu'elles fassent le sale boulot à ma place et répondent à mes trop nombreuses questions. Est-ce que j'allais réussir à travailler dans le cinéma ? Comment allait se passer le tournage ? Je me sentais peu légitime, pas vraiment douée.

La vie me terrifiait. J'étais persuadée qu'on démasquerait la supercherie : je n'en valais pas la peine, d'être admise, écoutée, aimée, épousée. Pour arrêter les quarts et demi-lexo et les éternelles remises en cause, je me tirais moi-même les cartes. Les atouts à la main, j'avais la sensation d'avoir trouvé une parade à l'angoisse. Il y avait toujours une réponse à mes interrogations, à mes tourments. Aussi, lorsque l'on me parle d'une talentueuse élève de Jodorowsky et qu'on prononce son prénom biblique en m'annonçant qu'elle enseigne le tarot, je cours la rencontrer.

Une fois son regard franc planté dans le mien, Ève la tarologue me propose d'apprendre à faire un tirage de l'ombre : huit cartes, deux lignes. Elles écriront une phrase consciente et une phrase sur ce qui est caché. Ève me demande ce que je voudrais savoir ou résoudre dans ma vie. J'élabore alors une question qui me paraît sans importance, anodine, parfaite pour cet entraînement ésotérique. Pas envie de risquer gros. Je pourrais perdre quelque chose à autant jouer avec le destin alors que je veux seulement défaire les nœuds dans ma gorge.

— Pourquoi est-ce que je joue dans mes films ?

Dans mes courts-métrages, je me mettais souvent en scène, parfois en train de chuter, sous le prétexte de la comédie. Je mélange. Pourquoi ? Pourquoi vouloir être des deux côtés de la caméra ? Huit cartes. Il faut choisir, je promène mes doigts.

Huit cartes.

Que je retourne.

LA JUSTICE

L'HERMITE   L'EMPEREUR   LA LUNE

LE CHARIOT   LA PAPESSE   L'ARCANE SANS NOM   LE PAPE

Ève reste silencieuse, les yeux sur la danse mystérieuse des personnages. Elle doit relier les symboles, conjuguer les verbes, additionner les chiffres. Soudain, son visage se ferme, je la sens ébranlée par ce qu'elle réussit à lire dans ces cartes qui me restent hermétiques. Je panique, comme si je faisais face à un radiologue devant un cliché de mes poumons ou un scanner de mon cerveau. Je vais mourir ? C'est ça ?

Il est seize heures mais il fait presque nuit, dehors il y a de l'orage. Mes paupières tremblent de façon incontrôlable. Je dois manquer de magnésium pour sentir si fort mon cœur tambouriner sous le couvercle de mes yeux.

— Alors ?

(Anne, ma sœur Anne, ne vois-tu rien venir ?)

— En jouant dans tes films, tu cherches une reconnaissance.

— Oui, en effet, je veux qu'on m'aime, jusqu'ici rien de…

Ève m'interrompt.

— La reconnaissance que tu cherches, ce n'est pas la bonne. Est-ce que tu sais si ta mère a eu une autre histoire ? Un autre homme ?

Je pulvérise ma mémoire à la recherche d'un homme, mais je ne vois pas, je n'ai jamais imaginé Victoria sans Julian. Je n'ai pas le temps de chercher plus longtemps.

— Ton père n'est probablement pas ton père.

Mon ventre se tord, sa sentence m'éclate la cervelle. Le voilà, l'anévrisme.

— Ta mère te cache des choses sur ta naissance, Maria. Parle-lui au plus vite.

Je suis sidérée. Difficile d'articuler une pensée ou de parler, je déglutis à peine, frissonnant dans le bain glacé où cette phrase m'a plongée. Je sens un rideau tomber sur ma vie, comme l'épais rideau de velours rouge du théâtre de la Michodière qui tomberait sur ma nuque et me briserait les cervicales.

Je n'ai pas la force de plaisanter, ma parade habituelle, ni celle de disséquer ce qu'elle me dit et ce que je ressens. Nous restons silencieuses mais je peux sentir la membrane de mes tympans prête à imploser. Je la regarde, toutes deux soufflées par ce qu'elle vient de m'annoncer. Aucun doute ne m'assaille sur ce qui s'est dit. La phrase résonne jusque dans l'épicentre secret de ma souffrance : mon origine est trouble. Je le comprends. Je ne savais rien de plus mais je pressentais que ce qui suivrait serait colossal.

Je pars parce qu'il faut bien partir. Je n'ai plus de forfait, j'appelle Robin de la cabine téléphonique en bas de la rue, je lui balbutie les quelques mots qui me restent : reconnaissance, pas mon père, secret. Il est d'accord avec moi, tout ce charabia semble vouloir dire quelque chose.

Je tremble dans la rame de métro, sur la ligne 1. Je me dissous dans le siège sale et noirci par les malheurs de la ville, en silence, je rajoute ma fable à celle des autres. Je les dévisage, assis dans le wagon puant, en attendant de rentrer chez nous pour scruter mon visage et tenter de percer l'énigme.

15

Je ne pouvais pas voir ma mère avant le lendemain.

Il me restait une soirée et une nuit avant de pouvoir lui parler. Je fuis le téléphone, mes questions méritent bien un face-à-face de western. Stand-by. Pas de larmes, pas d'angoisse. Simplement l'attente. Précédant une mise à mort de mon pedigree ?

Ton père n'est pas ton père. Je pense à Julian, vertige et peine. J'essaye de visualiser les têtes d'autres hommes, possibles amants de ma mère. Mais rien ne vient. Rien de plausible. Nous sommes une microfamille, trois personnes, loin des attaches, peu d'amis, nos seuls contacts sont ceux du travail et des beuveries. Mes indices : je suis fille unique, mon père borderline, ma mère sous camisole chimique. J'avais de quoi pencher vers ce secret de famille, l'adultère, l'amant d'un soir.

Les ébauches de scénario que nous faisions avec Robin m'épuisaient, mais je savais qu'il y avait un sens à ce coup de projecteur donné par le tarot sur ma conception. Ce père si violent et taiseux, tout s'expliquait, c'était un homme trompé. Mon sentiment de ne pas être à la bonne place s'expliquerait-il enfin avec l'arrivée de ce personnage inconnu ? Un autre père ? J'espérais tout de même que ce type était basque, je m'étais attachée à cette appellation d'origine contrôlée. Le Basque est craint, célébré, mystérieux, folklorique. Le Basque est aimé d'Ernest Hemingway et d'Orson Welles.

Chez moi, mon corps et ma mâchoire me lâchèrent. Je flanchais, laminée par la nébuleuse de questions et d'hypothèses dans mon crâne. J'avais la sensation d'avoir de la purée dans la bouche, je n'arrivais plus à articuler ou à parler. Je m'évanouissais dans mon lit grâce à l'alcool.

Le jour suivant, le rendez-vous était pris avec ma mère, entre *Motus* et *Les Feux de l'amour*, c'est le moment de sa pause à la loge. Il faut bien viser pour la voir dans les meilleures conditions, le mieux étant après la distribution du courrier, le déjeuner, et surtout, pendant la sieste avinée de mon père.

Elle ouvre enfin la porte.

— *Mamá*. J'ai fait un tarot, j'ai vu une voyante.

Je savais que c'était un argument solide face à elle, elle avait toujours été sensible aux pouvoirs des diseuses de bonne aventure. J'enchaîne avec mes questions, je fais et parle au plus vite avec le courage qu'il me reste.

— Mon père, c'est mon père ? Qu'est-ce que tu me caches sur ma naissance ? Je suis la fille de qui ?

Elle ne tremble pas, d'un trait elle me répond, sans détourner ses yeux des miens.

— *La hija de nadie.*

La fille de personne.

Elle n'a pas eu un seul temps de réflexion. Quatre mots, treize lettres. Équation violente rue du Quatre-Septembre, à l'heure du déjeuner. Banquiers, secrétaires, avocates, postier, vieillards, touristes. Et cette petite femme, la gardienne du 24, l'immigrée espagnole sous médocs, la femme battue aux sourcils froncés, ma mère me gifle avec sa réponse. Je l'avais bien cherché à tirer sans cesse des cartes et des cartes, à vouloir guérir ceci ou cela, à chercher je ne savais pas quoi. Maintenant je sais.

— Je ne te l'ai jamais dit parce que j'avais peur. Que tu m'abandonnes. On m'avait dit de ne jamais te le dire parce que tu portes notre nom. Mais tu es ma fille.

Encore une fois, je manque de souffle, ou alors de repartie, mais sa réplique digne de ses feuilletons américains me glace.

Dans un dernier élan, elle ajoute.

— On t'a adoptée.

Cette fois-ci, c'est le rouleau compresseur. Aplatissement total de tout. L'entaille dans la noirceur de la vérité. La coupe, nette, au bistouri. Volte-face de la mère.

Le mensonge de la concierge se termine ici. Sur le pas de cette porte d'immeuble de bureaux qu'elle récure. Là, où mon père, chômeur, transformé en roche, a abîmé le linoléum sous ses pieds à force de rester assis sur son fauteuil, à ne rien faire, ne plus parler.

Je fus la seule à assister à cette révélation.

Ma mère n'aura pas tort, je l'ai abandonnée là, je n'avais plus rien à dire. Brisée par son aveu. Elle resta face à moi, ses bras croisés, serrés sur son gilet de laine peluché, les doigts noués autour de ses mains gercées. Sans le savoir, je venais de la libérer.

J'avais vingt-sept ans, je suis morte une première fois ce jour-là.

Je suis partie sans un mot de plus. En avançant dans la rue, j'avais l'impression de muter, de me changer en une masse d'angoisses. Je devais retrouver mon mari et mon fils dans un jardin un peu plus loin. Je tentais de coordonner mes membres, de faire front devant le choc mais rien n'y faisait, je me transformais en vinaigre.

Arrivée aux pelouses des Halles, il fallut bien jouer avec mon enfant d'un an. Je me répétais, il ne sait rien, il veut marcher. Je l'aidais à faire ses pas, sa main serrée dans la mienne. C'était mon fils qui me tenait encore debout. Mais ce que j'avais appris depuis mon enfance s'effondrait alors que je devais tout lui apprendre à mon tour. J'étais attirée vers le sol. Gravité salvatrice. Je m'asseyais, terrassée mais rassurée de sentir l'herbe sous mon corps.

Au cœur de cette révolution nouvelle, mes cellules intégrant l'une après l'autre le nouveau paradigme, j'apercevais, derrière ma peur, une délivrance.

16

Franco est mort.

Julian et Victoria vivent à Paris, ils déménagent souvent, ils vont d'une chambre de bonne à l'autre. Ils connaîtront très bien le seizième arrondissement, un peu moins le reste de la ville. Victoria avait beaucoup de mal à parler français, elle se cachait derrière Julian, le laissait décider de tout, alors qu'en vérité, c'était elle qui exécutait derrière. Elle travaillait deux fois plus. Économe, elle rêvait de s'acheter sa maison en Espagne, son désir secret. Un endroit qui ne soit ni à la famille, ni aux amis, ni à des *proprietarios*. Elle voulait de la lumière, un grand soleil qui le chaufferait, qui pourrait brûler les draps blancs étendus à la fenêtre, bronzer sa peau et griller l'amertume des petits drames de sa vie. Il fallait donc trimer, prendre le métro, se perdre, demander son chemin, ne pas comprendre, redemander son chemin. Se sentir humiliée par les passants si pressés. Son orgueil, déjà fragile, était bafoué de ne rien comprendre à cette langue si difficile à prononcer, à intégrer.

Il va tomber la pluie très longtemps pour Victoria.

Elle en usera, des tennis bon marché à la toile de coton bleu marine, toujours élimée du côté des petits orteils, à arpenter les rues de Paris, les couloirs des grands appartements et les escaliers de service qui mènent à leur chambre.

La succession de gestes formant la chorégraphie du nettoyage, les divers instruments utiles à son œuvre, plumeau, torchon, chiffon, éponge, sac-poubelle, aspirateur, tout cela l'empêche de réfléchir et c'est bien mieux ainsi. Victoria ne voulait pas penser. Elle s'était toujours refusé le vertige de la réflexion. Pourquoi il me frappe ? Pourquoi je n'ai pas de bébé dans le ventre ? Pourquoi je lave les culottes sales de ma patronne ?

Alors, elle se droguait aux vapeurs des produits chimiques. Elle aurait aimé boire mais elle ne tenait pas l'alcool. Elle avait déjà regardé l'eau de Javel autrement mais la mort la terrorisait. Quand le flot de sa conscience devenait trop tumultueux, sa seule échappée elle l'obtenait en volant des comprimés de Valium dans la trousse de toilette du patron.

Lorsqu'elle deviendra femme de ménage dans une pharmacie, se savoir entourée par tous ces médicaments et ces crèmes antirides la calmera de ses angoisses.

Victoria savait qu'elle possédait quelque chose de précieux, sans prix, et qui surprenait toutes les personnes autour d'elle : un visage d'une beauté ineffable. Ni le temps ni la douleur n'entachaient sa peau. Un jour, au détour d'une rue, un homme l'arrêta sur son passage, ébloui par la vue de ce minois. Ah, splendeur ibérique, vous ressemblez à une princesse ! Elle ne sait pas qui est cet homme à l'allure noble qui lui parle si fort dans la rue et devant tout le monde. Un fou ? Une Parisienne émue qui assiste à la scène lui soufflera à l'oreille, c'est un grand artiste madame, c'est Jean Marais.

Victoria ne racontera pas à Julian. Le soir devant son miroir, le regard plongé dans son reflet, elle ramènera sa petite histoire dans un lieu étrange de son être, magma noir et visqueux de sa mémoire où elle n'aime pas mettre les mains. Elle glissera cet instant de gloire dans un tas de boue, les souvenirs de son enfance bancale, heurtée. Et elle n'y pensera plus.

Son seul luxe sera de s'acheter des crèmes. Se tartiner l'épiderme matin et soir. Incantations secrètes. Ne vieillis pas, ne deviens pas ta mère.

Le reste de son existence tient en un mot : *trabajar*, travailler le plus possible, pour garder les francs, les échanger contre des pesetas. Elle était toujours étonnée de ce qu'elle gagnait au change. Mais quand Victoria mettait l'argent à la banque, Julian le retirait pour le boire.

L'ogre mangeur de pièces se sentait lui aussi misérable dans cette ville. Il devait se concentrer pour s'exprimer. En espagnol, il en disait des choses sensées, il amusait, il plaisait. En français, c'est un métèque, un immigré, un pauvre. C'est écrit sur sa gueule et ça le tue. S'ils avaient un enfant, il serait de meilleure humeur, même Victoria serait heureuse.

Leur seul sursis venait des vacances d'été, congés payés, où ils retournaient au pays avec un paquet de fric. Qu'il est bon de dépenser sans compter. Ramón et sa femme Lucia les accueillaient dans leur maison de pêcheur de Bermeo. Cousins éloignés de Julian, ils étaient les seules personnes biologiquement liées à lui qu'il aimait.

En mer, dans le bateau de pêche vert, rouge et blanc de Ramón, les deux couples rient à s'en montrer leurs molaires manquantes. Sous le ciel bleu vibrant, ils regonflent leurs poumons d'oxygène et d'embruns. Les hommes lancent des lignes, les femmes les regardent et se mettent en bikini pour dorer leur peau encore pâle de l'hiver.

Le soir, ils dînent des grosses dorades rôties, juste pêchées, suintantes d'huile d'olive et rincées au vin blanc. Le temps est à la fête. Julian tient le crachoir. Ramón observe le couple sans enfant, son regard va de Julian à Victoria. Il se frotte la tête, à l'endroit de sa calvitie, comme pour se porter chance avant de parler.

— Un médecin nous a proposé de nous trouver un bébé mais on est trop vieux. Ça pourrait vous intéresser, ce serait le moment d'avoir un enfant pour vous, non ?

Victoria se mettait à trembler dès qu'on lui parlait d'avoir un bébé. Ce mot lui rappelait qu'elle était une femme incapable. La greffe ne prenait pas, elle ne donnait rien. Ramón et Lucia le comprenaient, eux-mêmes n'avaient pas de descendance, on leur avait proposé d'adopter mais ils ne se sentaient plus de s'occuper d'un petit, vous en revanche ? Julian ne répondit pas. Il était concentré à retirer les arêtes du morceau de poisson qu'il avait dans la bouche.

— Vous pourriez aller le voir de notre part, il est très gentil, généreux. Il va vous aider. Il a son cabinet à Bilbao. Si vous voulez, je vous amène en voiture demain. Ça n'engage à rien.

Le lendemain, Victoria, seule à l'arrière de la Renault R7, avait la nausée. Elle se tenait à la poignée en haut de la portière, comme si elle pouvait tomber par-dessus bord. Son autre main serrait un sac plastique prêt à accueillir le renvoi du petit déjeuner. Elle était prévoyante.

Les deux hommes devant : Ramón au volant, Julian sur le siège passager, les yeux perdus. Personne ne parlait. Le silence était particulier, le couple, tendu, laissait leur destin familial entre les mains du cousin. Victoria détestait les virages. La voiture quitta enfin l'autoroute. Elle dégueula du café et de la bile juste avant de rentrer dans Bilbao.

Encore tremblante du trajet, installée dans la cafétéria au pied de la consultation du *Doctor*, Victoria but une camomille brûlante pour oublier le goût du vomi et adoucir sa trachée irritée. Ramón et Julian l'attendaient devant la machine à sous avec des *cafes con leche.*

Le couple entra dans la clinique privée, un ensemble d'immeubles en brique rouge, aux appartements modernes situé tout près de l'hôpital de la ville. Un homme en blouse blanche, trapu et rondelet, les reçut avec la déférence d'un marchand de tapis. Julian pensa qu'il avait plus une tête à couper du jambon que celle d'un gynécologue. Le docteur fut chaleureux, les amis de mes amis sont mes amis.

Il ausculta Victoria.

— *Señora*, on peut se lancer et faire des tests de stérilité. Mais vous savez, ça prend du temps et de l'argent pour pas grand-chose. Vous êtes mariés depuis combien d'années ? Sans jamais utiliser de contraception ? Bon, le tableau est simple pour moi, *muy complicado.*

Julian demanda s'il pouvait fumer. Bien sûr. Il se dépêcha d'allumer sa clope puis de recracher sa première bouffée pour planquer son déshonneur d'homme stérile derrière un écran de fumée. Concentré sur ses lèvres et les aspirations, il se donnait une contenance, relevant son pantalon de coton avant de poser son coude gauche sur sa cuisse.

Victoria ne disait rien. Elle se rhabilla derrière le rideau de polyester bleu ciel, et essuya des larmes prêtes à dévaler ses joues.

— Avoir un enfant ce n'est pas seulement le porter neuf mois dans son ventre. Ce n'est pas ça être parent ! Avoir un enfant c'est l'élever, lui donner tout ce dont il a besoin. Et ça, croyez-moi, cela dure bien plus longtemps qu'une grossesse !

La jambe droite de Julian battait nerveusement. Son regard se planta dans celui du médecin, il aurait pu lui casser la gueule ou l'embrasser.

— J'ai quelque chose à vous proposer. Des jeunes filles qui ne peuvent pas garder leur bébé, j'en reçois de temps en temps. Et Ramón m'a beaucoup parlé de vous. Honnêtement, je peux vous avoir un bébé bientôt, début novembre par exemple. Une fille de la région, je me suis déjà organisé. La pauvre créature qu'elle a dans le ventre a besoin d'être accueillie comme il se doit. Vous ferez une noble action, en bons chrétiens.

Julian ne releva pas, ce n'était pas le moment d'expliquer ce qu'il pensait de la religion. Ils restèrent tous trois silencieux un moment. On pouvait sentir dans la pièce l'odeur de la peur, mélange de transpiration et d'oignon.

Puis, Victoria se lança.

— Je n'aurai jamais d'enfant naturellement ?

— Qui sait ! J'en ai vu qui ont réussi après une adoption.

— Comment on fait ? Quels papiers il faut remplir ? l'interrompit Julian.

— Oh, *¡ tranquilo !* Ici, on ne vous demandera pas de paperasse, pas d'inquiétude. J'ai une confiance aveugle envers Ramón et sa femme. Pour cet automne ça vous irait ?

Le silence valut pour accord.

— Tâchez d'être dans le coin, je vous appellerai quand il faudra venir à la clinique.

DEUXIÈME PARTIE

Les enfants commencent
par aimer leurs parents ;
En avançant en âge, ils les jugent ;
il leur arrive de leur pardonner.

Oscar WILDE, *Le Portrait de Dorian Gray*

17

Après l'aveu, j'alternais entre les benzodiazépines en sublingual et l'alcool.

Quand je revis ma mère dans le sous-sol d'un restaurant japonais je ne sus rien faire d'autre qu'aboyer. C'est qui ? Tu dois bien savoir quelque chose ? Pourquoi tu m'as rien dit ? Qui d'autre est au courant ? Quoi vous saviez tous ? Elle aussi ? Eux ? Les salauds. Je me sentais trahie jusqu'au cul. *No te pongas furiosa.* Ne sois pas furieuse. Tu rigoles ? Ironie, le restaurant s'appelle ZEN. Ne plus rien digérer, pas même la soupe miso. Avoir les boyaux qui hurlent à chaque aliment, les sucs digestifs provoquant mon agonie à chaque phrase de *la puta madre.* Enfin, quitter la table.

Je voyais leur mensonge écrit partout ; dans le fond de mon iris ; sur toutes les photos, moi bébé, enfant, à mes anniversaires ; dans le carnet de santé écrit à l'encre noire, indélébile. Née un 2 novembre. Fête des morts. Naître et mourir. Je serais donc un zombie ?

Devant les autres, j'alignais les phrases, les banalités et les gestes du quotidien mais, intérieurement, je vacillais. Avancer sans plus savoir vers quelle destination, ma boussole interne était bousillée, j'oscillais entre euphorie et abattement. J'ai vite eu envie de le dire à tout le monde. J'ai été adoptée. À la boulangère, aux voisins. Le hurler par la fenêtre. Je commençais déjà par mes amis. Infirmité dérisoire, je n'allais pas en crever d'avoir été adoptée, rien d'incurable. Il n'y a pas de traitement si ce n'est celui de l'angoisse et celui-ci je le pratiquais déjà. Ma chair et mes os, mes larmes et mes excréments ou mon reflet dans le miroir ne me rassuraient plus sur mon existence. C'était ça, le purgatoire ?

J'étais diplômée, censée être réalisatrice, mais je n'avais pas de travail, pas de tournage en vue, pas de script sous la main. Aucun projet. Le monde du cinéma ne m'avait pas déroulé son tapis rouge une fois mes études terminées, aussi prestigieuses soient-elles.

Je commençais l'écriture d'un scénario. Face à l'écran de mon ordinateur, j'enfonçais les touches de mon clavier. Mon objectif : écrire un film, une longue histoire pour ensuite réaliser mon premier long-métrage. Écrire une fiction, alors que je venais de découvrir que j'en étais une. Sur le document Word tout s'effritait, trame et personnages, comme Jack Torrance à l'Overlook Hotel devant sa machine à écrire.

All work and no play makes Jack a dull boy.

Écrire une histoire m'apparaissait comme une épreuve, aussi dure que celle de construire le château de Versailles avec du sable sec et une pelle cassée. J'étais incapable de monter une intrigue ou de créer des personnages crédibles.

Je trouvai rapidement une nouvelle parade au travail et une valeur sûre : Google. Google sait, il cherche, il trouve, toujours. Je dérivais du scénario vers la barre de recherche, je tapais *adoption, adoptée, recherche mère biologique*. En français. En espagnol. Sujet verbe complément, je me prenais même à rédiger de véritables phrases, laissant tomber les mots clés, qui manquaient de précision : J'ai été adoptée à Bilbao. Je fis ça plusieurs heures, puis plusieurs jours.

Obsession. Plus rien n'avait d'importance, plus personne.

Recherche. Clic. Clic. *Adoptada* Bilbao. Clic.

Pomme S sur mon scénario constitué de si peu de scènes, ma peau de chagrin.

Mon entourage, désemparé, me conseillait.

— Écris une comédie ! Ça c'est bien, une comédie. Comme ce que tu faisais dans tes courts-métrages, mais en long.

Je n'y arrivais pas. Alors, je replongeais dans l'océan numérique, ses couleurs primaires, les chargements de pages, les milliers de réponses, imprécises, commerciales.

Après plusieurs semaines à ce rythme-là, je trouvais enfin un site espagnol de recherche d'origines, une page web rudimentaire mais on pouvait s'inscrire sur un forum. Il fallait renseigner nos informations de naissance, date, lieu, médecin. Et ce que l'on cherchait. D'autres étaient donc comme moi. D'autres adoptés en quête de réponses. Je découvrais la face cachée de l'adoption en rejoignant la communauté des chercheurs d'or et d'origines, traquant leur vérité.

Pour espérer avoir une piste, il me fallait mon acte de naissance, complet, base de toute enquête sur son identité.

Je contactais le registre civil de Bilbao et le recevais quelques jours plus tard par la poste. Éplucher le document, lire et relire chaque mot, déchiffrer les lettres, et puis comprendre que c'est un faux. Un leurre. Je lus, avec en tête, la phrase de ma mère. *On ne te l'a pas dit avec ton père parce que tu portes notre nom.* Le mensonge était bien plus profond. Il creusait loin. Je soupçonnais qu'il flirtait avec l'illégalité.

Sur le papier officiel, le médecin accoucheur certifie sur l'honneur que la mère c'est Victoria. Rien ne mentionne une adoption. Pas de X. Pas d'astérisque. Pas de note pour plus tard. Je n'arrivais plus à déglutir.

Pas de papiers d'adoption non plus. Ces deux tarés n'auraient jamais eu d'agrément. Le trouble continuait. L'échafaudage des différentes possibilités devenait vertigineux.

La seule chose tangible restait mon quotidien. Se lever, ouvrir les rideaux, faire chauffer de l'eau, préparer le petit déjeuner de mon fils, l'amener à la crèche avec Robin. Ce n'était pas ma réalité mais une obligation du réel.

Oui je vais te lire *Tchoupi a peur de l'orage*. Maman aussi a peur de l'orage, ta grand-mère a peur de l'orage. Je pensais que c'était génétique la peur, l'asthme et les yeux verts. Mais à qui il appartient ce 85B de merde ? Était-ce l'indice premier de l'imposture ? Ce torse plat ? Silhouette si éloignée de la poitrine opulente de la *madre*. Son allure faisait illusion, bassin large, gros seins. Elle avait tout pour mettre au monde, la bête.

J'enchaînais les gestes habituels, concentrée sur mes mains lavant la vaisselle, j'avais besoin de récurer, je n'ai jamais autant nettoyé les chiottes de ma vie. Focus sur le Babycook : peler les carottes, les couper en rondelles, pas trop grosses, que ça rentre bien dans le cuit-vapeur ; rajouter de l'eau jusqu'au chiffre 2, appuyer sur le bouton, mixer. Servir dans l'assiette. Tenir la cuillère pleine de purée, magie de l'enfant, il ouvre la bouche sans rien dire, il sait. Il referme la mâchoire, il avale. Ouvre à nouveau. Devoir parental et obéissance.

Survie de l'espèce. Il connaît la marche à suivre, lui. Pas moi. Je ne savais pas ce qu'il convenait de faire quand on apprend qu'on a été adopté. Pas de bureau de réclamations. Pas d'émission télé. Pas de médecin spécialisé. Adoptionologue, adoptiatre, chirurgien adoptiste. *NADA.*

Tristement, je ne me droguais même plus, je me serais bien défoncé la gueule, une bonne soirée à gober, sniffer, picoler, fumer, suer, les bras en l'air dans un club. Faire une nuit blanche, rentrer à l'aube, prendre un Advil, du Stérimar, et me coucher en position fœtale. Tachycardie synthétique, tympans en sang. Mais la vie faisait que je mangeais bio, me couchais tôt et ne buvais plus seule.

Là dans notre lit, Robin dormait, je devais l'épuiser. Il supportait, jour après jour, mon écroulement psychique. Mon regard vers le plafond, j'étais incapable de dormir. Je fixais une tache. Celle laissée par le cadavre d'une araignée et je m'identifiais pour la première fois à quelque chose. Moi aussi, j'étais une éclaboussure. Celle d'une tarentule. Mère velue, sans toile, perdue. Je m'incarnais dans ce trait noir non désiré.

Mamá, il s'appelle comment le gynécologue. Antonio. Ok, Antonio comment ? Antonio Banderas ? Mais comment ça tu n'en sais rien, tu ne sais jamais rien. Je te jure que je ne vais pas m'énerver. S'il te plaît. Dis-moi tout ce que tu sais. *Nada, no se nada mas.* Rien. Le rien. La tache avait été bien nettoyée au St Marc, Mr Propre est passé par là lui aussi. Ma mère avait briqué jusqu'à ma naissance. Il n'y avait plus de piste. La femme de ménage aura correctement travaillé. Normalement, ce sont les riches qui adoptent : Angelina Jolie, Jacques Chirac. Pourquoi j'ai terminé dans l'assommoir ? Mes vies antérieures devaient être abominables. Sorcière, assassin, pervers, bourreau.

Et j'ai eu honte d'en vouloir ainsi à ma mère.

Après tout, elle m'avait sauvé la vie. On me rappelait à l'ordre : c'est ta mère que tu le veuilles ou non, c'est elle qui t'a nourrie. Merci madame. Mais la colère revenait, et les questions avec. Je vais me sentir aussi mal encore combien de temps ? Mal d'avoir été jetée, abandonnée, sauvée, aimée, choyée, photographiée, torchée, nourrie, logée, blanchie. La souffrance était inutile, elle me paraissait ridicule.

Si on m'interrogeait, je racontais. Avec un ton sensationnaliste. Oui, j'ai appris que j'avais été adoptée grâce à un tarot. Avec un tirage de cartes ? Tu déconnes ? Mais non ? En même temps, regarde tes parents. Vas-y, tu veux bien me donner le numéro de ta tarologue ? Je gardais la face mais j'étais vide, j'avais vu la faille, le creux, le trou béant, il fallait le remplir.

Alors le Net, le clic et la recherche reprenaient.

Je tapais ma misère sur les touches luisantes de mon clavier et comme un aimant, je me rapprochais. Après des mois de recherche, je trouvais une première personne, puis une autre, encore. Tous nés et adoptés à Bilbao, la même décennie que moi.

Je nous voyais comme un amas, tas de chair jetée aux ordures, électrons libres connectés par le wifi. Des dates revenaient : 1974, 1975 puis 1979.

Nous constituâmes un groupe d'une trentaine de personnes, une boucle de mails, des pièces jointes avec des articles de presse qui concernaient ce genre d'affaires. Nous enquêtions et questionnions ensemble. Dans cette quête commune, un témoignage essentiel dissipa l'obscurité avec son pseudonyme : ciel_bleu_gris_1975.

Ciel bleu gris était une mère, elle avait abandonné son enfant. Et Ciel bleu gris n'était pas la seule, nous disait-elle.

Dans différents appartements de Bilbao, des jeunes filles cachaient leur grossesse durant les années soixante-dix. Plusieurs filles par chambrée, plusieurs chambres dans les grands appartements. Ces cachettes étaient tenues par une femme. Bonne chrétienne et patriote, elle avait son portrait avec Franco sur la table de chevet. Collier de perles et vison en hiver, elle tenait d'une main de maître sa petite organisation de pensionnats temporaires pour femmes qui fautent.

Ciel bleu gris ne voulait pas donner son enfant mais sa famille l'avait forcée. Mineure et femme, en Espagne c'était être moins que rien. On lui prit son enfant par la force et le donna en adoption.

À présent, elle cherchait son fils.

Ciel bleu gris nous racontait que tout avait commencé avec les républicaines enceintes, emprisonnées pendant la guerre civile. Elles avaient donné de la suite dans les idées aux tortionnaires franquistes, qui, sous couvert de morale chrétienne, planqués dans les ténèbres de l'Opus Dei, se mirent à leur prendre leur progéniture. Après la guerre, certains ont continué à monnayer pour des bébés. Ça rapportait, ils faisaient payer de tous les côtés. Les médecins accoucheurs arrosaient les huiles stériles du pays ou revendaient les bébés à des couples désespérés, arrangement avec les filles de famille bien nées. L'opprobre était caché sous le tapis.

Pour comprendre et pour trouver, nos histoires déréglées nous avaient fait cliquer. Rien n'était limpide, une épaisse couche de poussière recouvrait la vérité mais un îlot de lumière jaillissait de mes correspondances avec les autres. Bientôt, nous allions oser nous nommer des victimes. Ne pas être seule, c'était ne pas être folle. L'association des adoptés se formait, lien de fortune, emails interminables, articles de journaux, dates, noms de médecins, de sages-femmes, de bonnes sœurs. Puis l'infamie sortit dans la presse. Des journalistes se mirent à nous contacter et à enquêter à leur tour. Il y a un timing pour tout.

Notre communauté erratique partageait toutes les informations possibles et malgré le manque de pièces, le passé commençait à se reconstituer. On reconnaissait qu'il y avait eu un scandale.

Coincée entre deux réalités, mythe et réel, hors sol, j'avais le vertige. Est-ce que je voulais vraiment savoir la vérité ? Je m'en approchais. N'avais-je pas peur de ce que je pouvais trouver ? J'étais déjà embarrassée par mes parents. N'était-ce pas suffisant ? J'avais fondé ma famille, j'avais un homme et un fils. Je les aimais. N'était-ce pas suffisant ? J'étais en boucle, les mains à vif, les doigts ensanglantés, les yeux ronds à regarder ceux qui m'aimaient en pensant, pardonnez-moi. La question de l'origine envahissait chacun de mes actes et la moindre de mes pensées.

J'essayais alors d'écrire un film là-dessus, sur une histoire d'adoption. J'utilisais la béquille de la fiction : c'est l'histoire d'une fille qui a appris qu'elle a été adoptée avec un tirage de cartes. J'empilais les versions de scénario, pages et pages de saynètes sans l'envergure de la réalité. Des milliers de mots, de combinaisons différentes de la même histoire, mais ça ne prenait pas, les financements tardaient, les acteurs hésitaient. Je restais sur le carreau avec mon projet de film.

Je pensais à Ève, la tarologue. Il fallait que je la revoie, pour un nouveau tarot, elle verrait. Elle avait déjà vu.

— Regarde encore, dis-moi, qu'est-ce qu'il s'est passé ce 2 novembre ?

— Maria, je vois un autre bébé. Tu n'étais pas seule ce jour-là. Des jumeaux peut-être ? Vous étiez des jumeaux ? Séparés à la naissance ?

18

Bilbao est une ville en forme de cuvette.

Le cœur de la cité est construit sur les bords du *rio Nervión*, dans une vallée encaissée. En s'éloignant du centre cossu, les nouveaux quartiers grimpaient désormais, accrochés aux collines, pentes ardues. Les classes populaires s'y installaient dans des immeubles modernes.

La rue Irala a un dénivelé très élevé qui commence sur la place Zabalburu. Victoria avait du mal à la gravir, la raideur de la côte et la chaleur lui rendaient l'épreuve difficile. C'était l'heure de la sieste. Ses doigts sentaient encore la viande d'agneau grillée. Elle aurait préféré s'allonger pour digérer dans l'obscurité d'un chez-soi. Elle s'arrêta pour reprendre son souffle, bouffée d'air brûlant. Victoria regardait Julian s'éloigner devant elle, les mains dans les poches. Il avait l'air décontracté mais sur ses tempes perlaient des gouttes de transpiration détrempant ses cheveux. Il détestait être en retard.

Dans la rue déserte, une femme était en train de fondre, assise à l'arrêt de bus, sous un soleil qu'elle défiait en secouant son éventail en plastique noir. Les semelles de gomme de ses chaussures premier prix fabriquées en Espagne semblaient collées au goudron fraîchement posé. Combien de temps allait durer son calvaire ? Au loin, le bruit d'un marteau-piqueur rappelait que le quartier se transformait. L'ancienne banlieue fusionnait à présent avec la ville.

Victoria reprit son ascension. Dans sa tête, c'était saint Joseph qu'elle implorait, sa litanie imbibée de sueur et résumée à une seule supplication : je veux une maison. *Por favor San José.* Le couple pèlerin dépassa une rangée de chalets colorés à l'aspect britannique mais ce n'était pas le genre de refuge qu'ils recherchaient. Dans leur tête, comme seul point de mire, la modernité. Leur maigre richesse d'immigrés devait leur offrir un appartement neuf.

Ils arrivèrent dans une friche immobilière, taches rouges de briques, façades percées, sans vitres, entourées de collines encore vertes. La chaussée se terminait là, les dalles de béton gris en forme de fleur s'arrêtaient net devant une suite de potagers entourés de terrains vagues. Bras de chemises roulés au-dessus des coudes, au pied du dernier bâtiment, l'agent immobilier leur faisait un signe de la main, jeune loup en nage, écarlate.

Dans le silence du sommeil postprandial, l'entrée carrelée les rafraîchit. Leurs narines s'ouvraient au parfum frais de rose synthétique du détergent serpillé là chaque matin. Victoria regarda les boîtes aux lettres. Elle s'imaginait déjà glissant un carton avec leur nom dans l'encoche de fer.

Ils se serrèrent dans l'ascenseur, le logement était au dernier étage.

Vous serez les premiers dans cet appartement, il vient d'être terminé. Le vendeur est affable. Dans ce couloir, les placards sont intégrés sur mesure. Victoria observait, c'était impeccable, intact. Aucune scorie de vies passées, ni leurs drames, ni leurs joies. Tout paraissait possible, ils n'auraient plus qu'à remplir les espaces de leurs objets, de leurs désirs.

Dans la plus grande pièce, Julian détaillait les prises électriques et tapait du poing sur les cloisons en se donnant l'air sérieux de celui qu'on ne va pas truander. Ce sera un très joli salon *señora.* Victoria ouvrait les fenêtres et gardait les yeux ouverts malgré la lumière zénithale et impitoyable qui lui brûlait la rétine. Jamais, au cours des étés qu'elle passera au huitième étage, elle ne se lassera du rayonnement direct et intense du soleil. Julian rejoint la petite femme émue et se penche à la fenêtre. Il regarde au loin et reconnaît les *altos hornos*, la fierté de la ville, où l'on extrait le fer. Tu les vois là-bas, les cheminées ? Victoria prend la main de Julian devant le spectacle des hauts-fourneaux fumants de la ville mère de la métallurgie. Il y a deux chambres. Une pour nous et une pour tu sais qui. *Por favor.* La banque acceptera le crédit, Julian s'évertuera à boire un peu moins et Victoria sera encore plus économe qu'elle ne l'était.

Leur retour à Paris s'accompagne d'une vie frugale et d'une promesse : celle du divin enfant annoncé par l'accoucheur de leur nouvelle existence. Le gynécologue les a mis en garde sur le protocole à suivre. Revenez en ayant l'air enceinte, que personne ne vous pose de questions dans le quartier, restons prudents, c'est une histoire personnelle et les rumeurs pourraient nous causer à tous des problèmes. Au Prisunic, Victoria choisit avec soin un coussin qu'elle met dans sa petite valise avec ses vêtements et l'enveloppe de billets destinés à payer les frais de clinique et d'accouchement. *Mucho dinero.* On ne négocie pas le prix d'une vie. Le montant donné par le médecin ne sera jamais remis en cause. Pour une fois, le couple ne marchandera pas.

Les quelques mois qui les séparent de la naissance restent silencieux, Victoria et Julian s'entraînent à garder le secret, ou se taire, n'osant pas même parler entre eux de cet engagement fou. Ils se concentrent sur leur labeur quotidien. Les pauvres ne fanfaronnent pas de leur richesse prochaine.

Dans le hall de la gare d'Austerlitz, Julian portait les valises, elle, son fœtus de polyester. Victoria avait hésité à mettre son costume de femme enceinte dès le train qui l'amenait à Bilbao, mais il fallait bien qu'elle commence à entrer dans la peau de son personnage. En partant de chez eux, elle prit le coussin dans ses affaires et le disposa habilement entre sa peau et son chemisier.

Leur appartement sentait encore la peinture. Victoria s'installa dans son nouveau canapé, ravie de son choix, ce tissu de velours peigné marron si doux au toucher qu'elle caressait tout en se demandant s'il ne serait peut-être pas un peu chaud pour les mois d'été. Ils ne profiteront de leur chez-eux qu'une fois par an, en juillet, pour les quatre semaines de congés payés qu'ils prendront d'une traite.

Les futurs parents devaient maintenant être patients, plus que quelques jours à attendre. Victoria s'occupait en passant avec application une aiguille avec du fil de coton dans un canevas de point de croix. Elle brodait une tapisserie qui représentait une femme et sa fille, souriantes. Pour ne pas sortir de chez elle et risquer les questions sur sa grossesse fictive, elle tissait chaque jour le fantasme de son futur proche. Le médecin leur avait dit qu'il les appellerait la veille pour venir à la clinique. Sous sa broderie, pour plus de confort, Victoria dispose son coussin. Le médecin avait insisté, vous verrez, ce n'est pas si compliqué, il faut ressembler à un gros ballon de football. Victoria était bonne élève. Elle jetait de temps en temps son regard inquiet vers le guéridon et le téléphone rouge qui y trônait. Il n'avait encore jamais servi.

Julian, lui, déambulait dans le grand magasin du Corte Inglés pour y acheter le trousseau de leur futur enfant et regardait les landaus. Une vendeuse s'approcha, je vais être père, je voudrais votre meilleur modèle. Nous avons une poussette à l'anglaise, avec une suspension très confortable, la capote est en toile déperlante bleu marine. *Muy elegante.* De la marque Silver Cross, la même que la famille royale d'Angleterre. L'intérieur et le sommier sont en vinyle bleu, le matelas, rembourré, est doublé en tissu de percale blanche, les roues chromées font quarante-deux centimètres de diamètre, une hauteur agréable pour le dos des parents ou de la nourrice. Pneus de caoutchouc blanc, freins, et ombrelle pour protéger bébé du soleil. Idéal. Parfait. Le meilleur pour votre enfant. Essayez, vous verrez. Julian posa ses mains sur le guidon avec détachement. Il remontait et redescendait la capote, c'est vrai que c'était bien usiné son bordel de royauté. La liasse de billets dans la poche de son pantalon rétrécissait jour après jour et il sentait qu'il allait s'en délester bientôt définitivement.

Julian repartit en poussant ce landau vide dans les rayons du grand magasin. Il n'avait jamais eu de voiture, pas de permis de conduire. La poussette de luxe sera le seul véhicule qu'il possédera jamais.

Quelques têtes se retournaient sur le passage du convoi luxueux, certains s'amusaient de voir la peine de l'homme sur cette côte abrupte, bras tendus, mollets contractés, ses doigts serrés sur la poignée. Julian s'entraînait à sa future carrière de père. Le landau était vide, le ventre était vide. Cet homme qui ne croyait pas en Dieu, se trouvait comme Joseph face à Marie.

À dix heures et quarante-cinq minutes, ce matin de novembre, le téléphone sonna. La bakélite rouge vibra sous le cadran. Julian était installé dans la cuisine où il buvait un troisième café. Surpris par le son aigu, il renversa le liquide sombre sur son marcel blanc. Victoria n'osait pas décrocher, elle resta immobile sous les tapisseries suspendues aux murs du salon. Elle avait pieusement travaillé jusque-là, le bout de son index droit portait encore les marques des piqûres quotidiennes.

La sonnerie continua, agressive. Personne ne leur avait jamais encore téléphoné.

Enfin, Julian saisit le combiné.

— Oui. Demain matin, très bien.

— Vous voulez une fille ou un garçon ?

Il resta muet, séché par la question du docteur. Sa femme le dévisageait, terrifiée. Elle s'imaginait le pire. Il n'y a plus de bébé ? Il est mort ?

— Victoria ! Qu'est-ce que tu veux ? *Niño o niña* ?

Il se reprit.

Victoria exulte, sans filtre, devant le vertige de la question. Elle répond sans hésitation.

— Une fille ! Oui, je veux une fille.

Julian la regardait, il aurait pu parier sur son choix. Bien sûr qu'elle voulait la petite. Il se racla la gorge et répéta au médecin.

— *La niña.*

Julian passa sa dernière journée d'homme sans descendance assis à la fenêtre de la cuisine à fumer. Il ne pouvait rien avaler. Rien d'autre que sa nicotine. La *Pinta*, la *Niña* et la *Santa María.* Cette phrase tournait en boucle dans son esprit, les noms des trois caravelles de Christophe Colomb, ses cours d'histoire sur l'Espagne. Le chemin de la paternité, telle la route des Indes, prenait un détour surprenant.

Victoria, elle, s'agitait, allait et venait dans l'appartement en pensant à son futur poupon, rêvant de l'habiller comme une poupée. *Mi muñeca.*

Il restait une seule nuit avant de rencontrer leur enfant. Le couple dormit à peine. Ils passèrent six heures à se tourner et retourner sous les draps, et se trouvèrent soulagés quand l'horloge de ferraille annonça cinq heures.

Victoria prit son faux ventre garni de tissu et reboutonna le chemisier au coton épais qu'elle avait choisi pour qu'on ne puisse pas distinguer les irrégularités de la bosse. Julian, nerveux, hésitait à partir à pied, mais il fallait prendre le landau et c'était un peu loin. Oui, mais ça ne fait que descendre.

Il faisait encore nuit à l'heure de leur départ matinal, ils voulaient éviter de croiser les voisins qui partaient, eux aussi, aux aurores pour aller travailler dans les garages ou les usines du coin.

Le trajet qui séparait le couple du nouveau-né fut un calvaire pour leurs nerfs et leurs artères. Coronaires et aortes en souffrance, le sang affluait de façon rapide et anarchique dans leurs veines. Victoria gardait ses deux mains sous son giron de fiction, de peur qu'il glisse ou chute sur le sol. C'était sa mission, minime mais vitale : avancer, respirer, tenir. Julian fumait et refumait. En deux bouffées, il terminait une clope, trop courte. Ses lèvres pincées d'angoisse étaient obscurcies par le goudron. Le couple n'osait pas sourire ou n'y arrivait pas.

Au bout de l'avenue, ils distinguèrent enfin l'immeuble, celui du mois de juillet, celui de la promesse : vous aurez un bébé. Allez.

Ce matin de novembre, c'est le jour des défunts. Les rues sont désertées de leurs habitants, les citadins, partis rendre visite aux familles. Caveaux et cimetières sont au programme de la fin de semaine fériée. Si peu de spectateurs pour leur piètre jeu d'acteurs.

Le supplice se termine au comptoir de la clinique. Le personnel est au parfum, on installe le couple dans une chambre. Victoria se retient de pleurer en retirant, honteuse, son faux ventre. Elle le laissera dans la chambre, la femme de ménage le jettera aux ordures.

On toque. C'est le médecin, débonnaire devant le désarroi de ses clients. Ça va aller, courage, plus qu'une heure. Le pédiatre examine la petite une dernière fois et vous pourrez la voir. Le gynécologue regarde la presque mère et le presque père, il sourit de son œuvre d'entremetteur. Et il n'oublie pas de prendre l'enveloppe que lui tend Julian.

— Pas besoin de compter, je sais que vous êtes honnêtes.

Aucun mot ne sera échangé durant les quelques minutes que le couple passera dans la chambre. Julian cherche par la fenêtre le spectacle de la rue, pour tuer le temps. Victoria s'allonge dans le lit d'hôpital, elle continue la farce, prenant son rôle très au sérieux.

Enfin, quelqu'un entre, une bonne sœur en habit. Elle tient le nourrisson dans ses bras. Personne ne pourrait dire avec certitude si c'est un garçon ou une fille, mais les rubans et tenues de crochet roses donneront très bientôt les indices au tout venant.

— Voici votre fille. Elle portera votre nom. Vous n'avez plus qu'à lui choisir un prénom. Ceci est le document à amener au registre civil, une fois que vous aurez fait votre choix.

Victoria et Julian repartent de Bilbao avec Maria. Ils prennent l'avion pour la première fois de leur vie. Dans la carlingue de fer, Victoria est terrorisée. Le dilemme est violent, elle voudrait se laisser aller à l'angoisse, celle de son ignorance de ce qu'est un avion, mais elle doit veiller sur l'être balbutiant, le rassurer et écraser sa propre vulnérabilité. Elle découvre le sens de la maternité, se consacrer à quelqu'un d'autre. Elle ne fléchit pas et reste droite, le bébé collé à sa poitrine, fière. Mais bientôt, le vrombissement du moteur, et la piste qui défile la font vaciller. Elle tremble si fort qu'elle finit par tendre le bébé à Julian.

Elle passera le vol entier recroquevillée sur elle-même. À l'inverse de Julian, qui décompresse à mesure qu'il s'éloigne de l'origine du crime, le kérosène brûlant sa culpabilité. L'atterrissage les délivre une seconde fois. La France pour une vie nouvelle, l'équation familiale à une inconnue.

Dans leur sac en bandoulière, les biberons stérilisés, le lait en poudre, des couches et leur livret de famille fraîchement rempli. Leurs yeux se fondent dans ceux de la créature, leurs mains apprennent la nouvelle gestuelle, chaque minute est une victoire.

Le premier sourire de l'enfant, un couronnement.

19

Les roues du landau bleu de princesse anglaise s'étrennaient dans les allées du parc Monceau.

La fierté transpirait par tous leurs pores, ils paradaient. La petite fille était parfaite, une peau claire, des joues roses, et des yeux verts. Elle ne leur avait pas fait l'affront de ne pas leur ressembler. Rien ne paraissait factice et l'amour, lui, était sincère.

La petite bouture allait pousser sur le bitume parisien.

Julian et Victoria quittaient leur chambre de bonne du seizième pour un nouveau travail. Un bon plan, une aubaine, cette fois, ils auraient un logement de fonction. D'ici peu, ils deviendraient les gardiens d'un théâtre, situé pas loin de l'Opéra, au cœur de la capitale de la *Francia*. Ils logeraient dans un appartement de poche, caché dans les méandres des couloirs du bâtiment. Quoi de mieux qu'un théâtre de boulevard pour y interpréter leur nouvelle vie à trois.

Quatre mois plus tard, le bébé tomba malade de façon soudaine et mystérieuse. Aucun pédiatre ne comprenait ce qui se passait. L'enfant, abattue, était brûlante. Son sourire avait fondu, laissant place à une grimace, témoin d'une souffrance inexplicable. Inquiétante.

Julian et Victoria arrivèrent en larmes à l'hôpital pour enfants Saint-Vincent de Paul où l'on mit la petite sous chimiothérapie. Elle avait déclaré une infection urinaire fulgurante. Inexplicable.

Sous les mains des médecins et des infirmières, l'enfant se débattait. On dut l'attacher aux barreaux de fer de son lit. Julian, tremblant, manquait de violenter le personnel médical mais il savait qu'à ce moment précis, c'était une très mauvaise idée. Il veilla.

Avant-bras sur les cuisses, tête entre les mains, il ne pouvait pas prier le con, mais il pensait à des choses, des puissances supérieures bien plus fortes que lui. Ce n'était pas à Dieu qu'il parlait directement mais il demandait à qui de droit que son enfant ne meure pas. De sa voix intérieure, rauque, cassée par l'abus de nicotine, il suppliait même. Comme personne ne l'entendait, personne ne se moquerait. Et même, il s'en foutait. Pour sortir de cet enfer, il était prêt à se tremper la tête dans l'eau bénite s'il le fallait.

Un matin, il demanda à Victoria, partie chez eux pour prendre des affaires de rechange, si elle pouvait lui ramener son appareil photo. Ce n'est pas le genre de choses que l'on veut conserver, un souvenir d'hôpital et de détresse, mais Julian voulait prendre sa fille en photo à défaut de la prendre dans ses bras.

Il regardait sa progéniture à travers l'objectif de son Minolta 35 millimètres. Est-ce le boîtier qui convoqua l'amusement chez l'enfant ? Malgré les liens, la perfusion et la chimie qui coulait dans ses veines, le bébé se mit à sourire. Elle fixait la caméra et plissait les lèvres, laissant voir ses quatre minuscules dents plantées dans des gencives roses et lisses comme du chewing-gum.

Elle survécut. L'épreuve et l'inquiétude consolideront l'amour que lui portaient déjà Julian et Victoria.

20

Ton père veut te parler.

Elle m'appelait tous les jours, à peu près à la même heure, vers dix-huit heures, en allant promener son chien. Avec le nouveau millénaire, ma mère découvrait la liberté de la téléphonie mobile. À chaque fois que les quatre lettres s'affichaient sur l'écran de mon téléphone, une crise d'angoisse débutait. M A M A. Cela commençait par un ongle, puis une cuticule, je fendais la kératine, recrachais puis attaquais une petite peau sèche. En fin de journée, mes doigts saignaient. Je m'attaquais alors au cuir chevelu, je me grattais le crâne comme un singe, jusqu'à creuser une plaie, petit cratère sanglant à la racine de mes cheveux. La panique coulait en moi comme une rivière prête à sortir de son lit. Les veines de mon cerveau se gorgeaient de sang, ma poitrine se serrait, mon plexus se creusait.

— *Mamá* ? Qu'est-ce qui se passe ?

J'avais toujours peur de la mauvaise nouvelle. C'est le lot des familles d'alcooliques ou de toxicos. Ma mère n'avait jamais rien à me dire de précis. Elle avait des demandes, des requêtes : aller à la banque, signer un papier, téléphoner au médecin, l'accompagner passer une radio. J'étais son assistante personnelle mais sans salaire, si ce n'est les rouleaux de papier toilette, les sacs-poubelle et sopalin qu'elle me donnait à chaque fois qu'on se voyait. Elle m'achètera ces choses-là toute sa vie, son matériel de femme de ménage, comme elle se justifiait. On a toujours besoin de sacs-poubelle. Elle avait raison.

J'avais peur de ces coups de fil quotidiens, peur des bagarres, de la garde à vue (mon père en avait fait plusieurs) ou de la crise cardiaque. Cela faisait quelques mois qu'elle s'inquiétait plus que d'habitude pour lui. *Tu padre*, il parle bizarrement, il boite, il refuse de voir un médecin, tu sais comment il est. Elle craignait de partir en vacances avec lui, peur qu'il s'écroule là-bas. Tout était effrayant chez lui, ses colères, sa violence et maintenant, sa santé.

Sa journée commençait la nuit, il prenait son petit déjeuner vers deux heures du matin, un café en regardant la télévision. Une fois passé huit heures, il considérait que c'était acceptable de boire. Son chômage, son orgueil, et un entrelacs de sentiments de vexation et de rage l'avaient acculé. Il restait désormais cloîtré dans sa loge, refusant de me parler. Il s'était fâché sans vraie raison. J'avais osé, un jour, autour de la vingtaine, me rebeller. Depuis, il s'était totalement refermé, il disait m'en vouloir encore d'avoir fait des piercings ou de l'avoir contredit. Il ne m'adressait plus un mot. Il boudait le con. Quand je sus pour mon adoption, je compris que l'adolescente que j'avais été, ma crise et mon rejet, il les avait très mal vécus, lui, le père adoptif, l'homme qui n'avait pas fécondé. Je me disais qu'il n'avait pas dû se sentir reconnu ou validé. J'avais eu peur d'aller le voir pour lui en parler.

— C'est ton père, il est malade, je te passe le *doctor*.

Ma mère avait réussi à faire venir un médecin en urgence à domicile. Il n'arrivait plus à marcher, elle ne comprenait plus ce qu'il disait. Elle me passa le médecin au téléphone, expliquez à ma fille s'il vous plaît. J'entendais ses sanglots.

— Votre père a fait un AVC, il y a des mois, voire un an. Il n'a rien dit, sacré dur à cuire, parce qu'il a dû morfler. Il a une hémiplégie du côté gauche. Il a pris sur lui. Ne pas consulter, alors qu'on est dans cet état, c'est quelque chose tout de même. Il n'y a rien à faire malheureusement.

Je ne répondais rien, au fond de moi je savais. Il l'attendait, ce point de rupture, avec son alcoolisme méthodique. Et il l'a eue, sa déflagration dans la tête, seul chez lui, le chômeur. J'avais, si ce n'est ses gènes, au moins hérité de son appétence pour l'autodestruction.

Je comprenais son désespoir, nous le partagions, et son côté kamikaze, comme lorsqu'il s'arrachait ses dents, m'impressionnait. J'avais voulu lui ressembler.

Ma mère me rappela quelques jours plus tard.

— C'est ton père, il veut te parler. *Mañana*, au café, au métro *cuatro de Septiembre*.

Après dix ans de silence, j'avais rendez-vous avec l'ogre craint et adoré de mon enfance, mais le chef de famille avait changé. Diminué, il était redevenu un petit garçon et faisait marche arrière vers l'origine, douloureux repli physique sur le nombril. Devant le café, je le vois, il avance avec une canne, son béret de laine noire sur ses cheveux gris, pas un soupçon de calvitie, et encore beau malgré le sabotage continuel de son organisme. Son bras gauche est totalement paralysé. On s'installe en terrasse, dans son périmètre de sécurité, sa rue, son bar.

— Je veux partir d'ici, je veux quitter ta mère.

Sa bouche faisait des mouvements rotatifs incontrôlés quand il parlait. C'est là qu'il se mit à pleurer, sans pouvoir s'arrêter, de façon relâchée. J'étais saisie de voir des larmes sortir des yeux pochés de cet homme. C'est moi qui chialais d'habitude dans cette famille.

— Je voulais te le dire, moi, qu'on t'avait adoptée. Te dire la vérité. Mais on ne s'entendait jamais avec ta mère. On est allés te chercher à la clinique et la suite tu la connais.

Je suis désemparée, je ne m'attendais pas à ça. Là, soudain, il abdique et me raconte sa version de mon adoption en m'offrant un détail que ma mère ne m'avait pas confié, une anecdote à rajouter dans mon escarcelle.

À l'aéroport de Bilbao, la *guardia civil* les avait contrôlés alors qu'ils repartaient à Paris, leur poupon fraîchement récupéré dans les bras. Mais ils n'avaient pas de papiers en règle. Le gynécologue les avait donc raccompagnés jusqu'à l'avion. Si jamais. Il avait vu juste le médecin véreux. Il dut jurer sur l'honneur auprès des autorités pour qu'on laisse le couple embarquer. Puis l'avion décolla avec la nouvelle famille.

Mon père était dans un état de tristesse sans fond. Il me supplia alors de l'aider à quitter ma mère. Il voulait se reposer, en maison de retraite, loin d'elle. Je ne m'attendais pas à ça, une dizaine d'années de silence qu'il rattrapait en vingt minutes pour me raconter sa vérité sur mon adoption, la maladie, son rêve de divorce et d'un autre foyer.

Il devait avoir en tête les images des dépliants de sa banque sur lesquels des vieux aux sourires ultra brite, pulls en shetland, coulent des jours heureux en maison de repos. Des arbres, une chambre neuve, un ciel d'été et le bout du chemin. La fin de l'histoire. Économisez pour votre retraite, pensez à vos obsèques. Il n'avait rien prémédité, jamais, pas son genre, mais malade, il se projetait loin de Victoria. Il voulait se cacher pour mourir.

Peu de temps après, j'organisai son départ et lui trouvai miraculeusement une place dans un Ehpad intra-muros aux tarifs exorbitants. Pour ce prix, j'aurais pu lui louer un penthouse sur les Champs. Robin nous amena en Autolib. Mon père s'installa à l'avant, les deux hommes se rencontraient pour la première fois. Ma mère, elle, se ratatinait, en larmes devant le portail de l'immeuble où elle resterait désormais seule, dans sa loge. Les mains et le cœur noués, elle ne savait pas que c'était la dernière fois qu'elle le voyait.

Il ne demandera jamais de ses nouvelles. Ainsi, mon père sort de scène pour ne pas revenir. Bye bye le théâtre, les loges, les copains de beuverie.

Il aura une chambre pour lui, unique luxe dans sa nouvelle demeure. Pensionnaire de l'unique piaule disponible, à l'étage Alzheimer. Lui, qui avait toute sa tête, allait vivre ses derniers instants entouré de gâteux agressifs.

Je découvrais les joies de l'Ehpad en même temps que j'étais enceinte. J'attendais mon deuxième enfant. La vie en résumé : j'accompagnais mon père dans ses adieux au music-hall alors qu'un bébé grandissait dans mon ventre.

Je lui rendais visite chaque semaine, on avait du temps à rattraper. On riait de ses colocataires séniles, il était à deux doigts d'en coller une à une vieille particulièrement belliqueuse envers moi et qui essayait de me voler mon iPhone chaque fois que je venais déjeuner avec mon père. J'aimais cette nouvelle relation avec lui, plus de menaces, plus d'inquiétude. Je lui apportais des sucreries et je devais souvent l'aider à changer de slip, je savais qu'il ne me cognerait pas. Je n'avais plus peur de lui. Il dépendait de moi. Et j'étais énorme, avec mon abdomen proéminent, j'avais une démarche de pingouin dans les allées au lino fatigué. Les odeurs de soupe, d'urine et d'eau de Javel me donnaient la nausée. Je vomissais sur mes baskets une fois sur deux en sortant de la garderie à vieux.

Je tenais face à lui mais cette deuxième grossesse m'inquiétait. J'avais raconté mon histoire à l'obstétricienne, la plus douce du monde, qui m'accompagnait. Elle veillait sur moi, me jurait qu'elle serait là et qu'on ne me séparerait pas de mon bébé. La révélation sur ma naissance et l'illégalité l'entourant m'avaient donné la phobie des maternités, qui me paraissaient désormais des lieux criminels en puissance. J'accouchai un jour d'août, par césarienne, de mon deuxième fils. Un roi soleil né au mois d'août, il arriva dans un crépuscule d'été, sous l'empreinte du lion.

Julian, lui, partit en fumant une Camel sans filtre à la fenêtre de l'Ehpad de la rue d'Avron. Un matin, seul, assis sur son fauteuil préféré, près de la fenêtre avec vue sur le Franprix, la foule du vingtième et les embouteillages des portes de la ville. Loin du regard des femmes. Il était mort d'une énième déflagration, explosion en interne, rien qu'on puisse voir.

À l'inverse des plantes et des fruits, nous, humains, pourrissons dans l'invisible. Cancers, tumeurs, crises cardiaques, AVC, tout se meurt à l'intérieur, parce que l'homme est malhonnête.

Il s'était caché pour mourir, l'expatrié. J'avais eu le temps de lui présenter son deuxième petit-fils, endormi dans sa poussette. Nous nous étions installés sur un banc, dans le vacarme de la rue, au pied de la maison de retraite. Ce fut le seul jour où il sortit du bâtiment. Jusque-là, il avait toujours refusé d'aller où que ce soit. Jusque-là. J'avais détourné le regard, je ne pouvais pas encaisser. J'étais bouleversée de voir le patriarche devant le bébé fraîchement arrivé. J'avais demandé que chacun de mes enfants porte également mon nom de famille. Celui de mon père donc. Mais au-delà du patronyme, il n'y avait aucun doute : cet homme au faux air d'Al Pacino était bien le grand-père de mes enfants. Même si je n'étais pas issue de la fusion d'un de ses spermatozoïdes avec un des ovules de ma mère, cet homme était mon père.

Je récupérai les paquets de pain d'épices que je lui ramenais consciencieusement à chaque visite. Nourriture idéale pour un édenté. Je ramassai aussi son rasoir. La vue de ses poils de barbe poivre et sel me fit trembler ; son peigne en plastique ; ses vêtements ; le téléviseur LED et la télécommande ; son portefeuille en cuir noir avec tous mes portraits d'école primaire. Les affaires terminèrent dans un taxi G7.

Je ne savais pas où aller avec tout ça, pensant aux sacs plastique dans le coffre et au corps sans vie dans le funérarium. Je ne voulais pas rentrer à la maison, je rêvais de partir secrètement à Roissy Charles de Gaulle pour prendre un vol et emmener la dépouille de mon père à Tahiti, l'unique destination de rêve qu'il citait, lui qui n'avait jamais voyagé. L'île lointaine où la chaleur, l'eau turquoise, le sable blanc optique et ses autochtones pouvaient encore faire fantasmer l'homme reclus, amer et triste qu'il était devenu. L'homme de grisaille n'était pas si blasé.

Il sera incinéré au cimetière du Père-Lachaise. Deux femmes que personne ne connaissait s'incrusteront à la cérémonie. On écoutera du Joan Baez chantant un poème basque. L'urne sera scellée au premier sous-sol, sous une plaque en granit gris clair, gravée de lettres capitales noires. Le calcul fut simple, soixante et onze ans d'incarnation, dix ans de location au columbarium. Je me suis promis de disperser ses cendres dans le Pacifique une fois le terme du contrat de colocation arrivé à échéance.

Mes amies seront toutes là, on rigolera en buvant du côtes-du-rhône, le ballon de rouge comme dernier hommage obligatoire au gardien du théâtre de la Michodière, on se racontera comment il les terrorisait quand elles venaient me voir. Bonjour Monsieur, au revoir Monsieur.

Hegoak ebaki banizkio
Neuria izango zen
Ez zuen aldegingo.
Bainan honela
Ez zen gehiago txoria izango.
Eta nik,
Txoria nuen maite.

Si je lui avais coupé les ailes
Il aurait été à moi
Il ne serait jamais reparti.
Mais, ainsi,
Il n'aurait plus été un oiseau.
Et moi,
J'aimais l'oiseau.

21

J'attaquai le croque-monsieur du TGV avec mes couverts en bois.

C'est à mes yeux l'une des plus belles réussites alimentaires industrielles du monde moderne, avec le double cheeseburger du McDo. Cette nourriture amalgamée, tiède et grasse, me réchauffe à chaque fois le cœur et m'émeut à un endroit spécial, pas loin du foie. Le parfait repas de la gueule de bois.

Le train m'amenait seule de Paris à Hendaye puis je devrais prendre un autocar jusqu'à Bilbao. Je traversai le Pays basque espagnol, le visage collé à la fenêtre du bus, à regarder défiler ses vallons du vert le plus intense que je connaisse, dans une odeur de flatulences et de plastique chaud. Quelques semaines après sa mort, j'arrivais dans sa ville natale.

Mon père n'avait pas laissé de testament mais quatre mille quarante-sept euros sur un compte en banque, plus un appartement. Je devais tout liquider. Ma mère aurait pu s'installer en Espagne et revenir chaque année en France pour profiter de la Sécurité sociale, dentiste et mammographie à prix d'ami. Mais elle était terrorisée à l'idée de quitter Paris. Elle, qui crachait sur *los franceses dégueulasses*, elle ne pouvait plus vivre sans eux. Elle refusait de faire son retour au pays, l'immigrée maigrement enrichie. Chez elle, c'était ici, c'était Paris.

Pour finaliser l'héritage, ironie de la situation, je devais prouver que j'étais bien la fille de mon père. Après une rencontre avec un notaire, j'allai au registre civil. Ma présence entre ces murs me fit chanceler, dix ans après avoir appris la vérité, j'étais au cœur du mensonge. Dix ans d'enquête et d'étiolement de mon identité où je n'avais rien appris de plus. Je repensais à mes amis virtuels adoptés, appropriés ou volés, tous déprimés par tant de mensonges. En attendant derrière le comptoir, et tout en regardant cette femme, fonctionnaire de la ville, pull en mélange d'acrylique et jean délavé, je repense à la tarologue et à l'une de ses phrases : il y a un autre enfant.

Je ne peux décemment pas expliquer à l'employée du registre cette histoire de Jodorowsky, de tarot, de fille de personne, de révélation et d'adoption mais une force étrange me fait tricoter un récit, savant point de croix de mensonges. La même énergie que celle qui m'a permis maintes fois de baratiner les contrôleurs de la RATP, flics, vigiles de grands magasins ou professeurs de mathématiques m'habite. Sans préméditation, je reprends l'enquête.

Je lui dis vrai : j'ai été adoptée, je suis victime d'une adoption illégale, je sais que cet acte est faux (mais j'en ai besoin pour encaisser des thunes et revendre un appartement).

Je lui mens : ma mère biologique attendait des jumeaux (ça c'est la tarologue qui l'a dit).

Vrai : le gynécologue a demandé à ma mère, le jour où elle est venue me récupérer, si elle préférait avoir une fille ou un garçon (ce qui m'a donné l'idée du mensonge un peu plus haut).

Puis, je lui posai la question découlant de ces affirmations :

— Est-ce qu'il y a eu une autre naissance que la mienne dans cette clinique, le même jour ?

La dame reste cuite par mon monologue. Je ne la quitte pas des yeux. J'insiste.

— Je fais partie des sales histoires qui ont eu lieu ici.

Elle disparaît sans un mot, va vers les grands classeurs et revient avec un nouvel acte à la main qu'elle scrute attentivement.

— Le même jour, il y a une seule naissance à part la vôtre, un garçon est né le 2 novembre, quinze minutes avant vous. Accouché par le même médecin.

L'employée du mois aux cheveux courts déglutit. Ce pays, cette région, cette ville, ils ont vécu la guerre civile, le régime franquiste, l'ETA, le retour à la monarchie, et maintenant, je lui parle de cette sale histoire, naissances trafiquées, bébés volés. Elle voudrait être tranquille, ça y est, la nation est moderne, le terrorisme n'est plus de mise. La routine a repris, mariage, décès, naissances. Pas de vague, enregistrer l'humanité, prouver les existences, les dates, les heures, signer, certifier. Je suis l'élément perturbateur.

Elle soupire, avoue que les détails sont troublants, deux accouchements avec le même gynécologue à seulement quinze minutes d'intervalle.

— Dites-moi comment il s'appelle, *por favor*.

Je voudrais la supplier mais je me retiens.

Anonyme derrière son comptoir, l'employée me fixe à son tour. Je perçois dans ce qu'elle dégage que c'est une femme libérée, brave et sensible, qui se fout de l'Église comme de son patron. Elle est peut-être même divorcée, elle aura envoyé balader son mari et s'offre, depuis, des week-ends entre copines. Ses enfants sont grands maintenant, elle a dit merde à son père, elle vote à gauche.

Par ses silences, elle me montre qu'elle est ennuyée, qu'elle est tiraillée à l'intérieur.

— Je n'ai pas le droit de faire ça, revenez demain, mon responsable sera là.

— Je ne peux pas revenir demain.

On se livre une guerre muette, duel de western, mais sans bourbon, pas d'armes à feu, simplement un papier officiel, tenu dans sa main à elle. L'objet de ma convoitise soudaine. La réponse est là, prête à sortir du four comme le croque-monsieur du TGV. J'ai enfin une piste à suivre mais une loi en contreplaqué m'empêche de l'avoir.

— Écrivez votre histoire sur cette feuille, tenez, je la transmettrai à mon supérieur. Il pourra faire quelque chose pour vous.

Je baisse les yeux sur le papier A4 vierge qu'elle fait glisser vers moi en même temps qu'un stylo-bille fatigué sur son socle. Sans surprise, le plastique a été graissé par les doigts moites des citoyens. Alors j'écris, je n'ai que ça à faire. Je rédige un rapide et maladroit synopsis de ma vie et de ma recherche d'origine biologique. Avec mon nom sur le côté gauche, la date en haut à droite, vieux réflexes de CV et de lettres de motivation.

Quand j'ai terminé, elle approche son visage, décale son buste vers l'avant, poitrine au-dessus du comptoir. Elle jette un coup d'œil rapide et inquiet derrière elle. Je comprends qu'elle vérifie que personne ne l'observe. Alors, seulement, elle me chuchote.

— Ibón.

J'écarquille les yeux, l'héroïne du registre civil me répète d'un mince filet de voix

— Il s'appelle Ibón.

Cette femme est Mata Hari.

Merci beaucoup madame, *muchísimas gracias*. Je sors, tremblante, de la salle du registre. Le prénom aux quatre lettres tourne en boucle dans mon esprit.

Je quitte le bâtiment de granit sombre du palais de justice. La lumière blanche de Bilbao me crame le fond de l'œil après l'obscurité de la grotte administrative sans fenêtres.

Ma vie est aussi floue que ma vue.

Il y a, sur cette terre, de bons entrepreneurs, des gens qui ont du flair et le sens des affaires. Je le comprends quand je lève les yeux, ma valise avec moi, à la main, et que je découvre le nom de la boutique sur le trottoir en face du palais de justice : *La Tienda del espía*. La Boutique de l'espion, du putain d'espion. Je force mes yeux à faire la mise au point sur l'enseigne et sa malicieuse localisation géographique. En face de l'administration judiciaire, des tribunaux du pénal, du contentieux, des violences faites aux femmes. L'être humain est fourbe, il cache des secrets que l'on peut débusquer grâce à cette échoppe. Les phrases d'accroche imprimées sur les stickers jaunes collés aux vitres sont limpides : *Salut ! Qui allons-nous espionner aujourd'hui ? Ton partenaire est infidèle ?*

Je traverse la route, une ridicule dizaine de pas, et je m'approche de la vitrine où se trouve un mannequin habillé d'un imperméable et d'un chapeau en tartan, du matériel de surveillance audio et vidéo, caméras dans des stylos, briquets USB, judas 4K.

Je pousse la porte.

— Bonjour, vous auriez un détective privé à me recommander ?

I B Ó N. Trouver Ibón.

22

Victoria perdait la boule.

Et elle perdait pied aussi. Elle chutait, de plus en plus souvent. De tout son poids, sur le carrelage, boum, la tête en sang, les pompiers, la rejoindre aux urgences. Elle était depuis peu sujette aux vertiges et souffrait d'une combinaison de pathologies diverses dont je savais la liste par cœur. Thyroïdite d'Hashimoto, cholestérol, diabète, hypertension, asthme, allergies, névrite vestibulaire en 2010 ayant causé la surdité totale de son oreille gauche. Je la récitais, non sans une certaine fierté, moi la médecin de pacotille.

Je connaissais les molécules des multiples cachets qu'elle gobait du matin au soir, nous partagions au moins ça avec ma mère, l'amour de la chimie.

L'un des médecins qui s'est occupé d'elle m'a un jour demandé quelle était ma spécialité et dans quel service je travaillais à l'hôpital. Il me pensait du métier, moi, qui tenais à jour le dossier médical de ma mère.

Il flattait ma petite personne. Oh non je ne suis pas des vôtres, juste une passionnée, répondais-je avec une fausse humilité.

Je m'appliquais car ma mère ne suivait pas très bien ses ordonnances, j'avais dû appeler plusieurs fois le centre antipoison. Une fois, elle avait pris le comprimé pour la maladie du cœur de son chien ; une autre, elle avalait la totalité d'un flacon de vitamine D liquide en deux jours alors qu'il était censé durer six mois. J'avais déjà perdu mon paternel, il s'agissait de la faire tenir debout. Je n'étais pas prête à devenir doublement orpheline.

Mais Victoria continuait de vriller, de tomber, de s'embrouiller dans ses phrases. Quelque chose n'allait pas. On le savait, elle était fragile, la vie lui avait roulé dessus, marche avant puis arrière.

Le jour de la rentrée au collège de mon premier né, elle termina aux urgences de l'hôpital Cochin. J'alternais entre grande inquiétude et culpabilité mais je connaissais aussi sa tendance à exagérer. Encore un tour à l'hosto sauf que cette fois, elle avait poursuivi sa route jusqu'en réanimation.

— C'est votre maman ?

— Oui, non, enfin oui, pourquoi ?

— Elle a fait une hyponatrémie sévère, ce qui explique sa désorientation. Nous l'avons admise dans notre service, pour lui administrer du sodium dans le sang à petites doses, elle doit rester sous surveillance.

À travers la vitre du box, je la regarde, fragile, amaigrie, paumée, cul nu. Un infirmier lui fait la toilette. Je lui en veux, elle me lâche à son tour.

Elle sortira de réanimation deux jours plus tard. Commence alors un nouveau travail d'enquête, médicale cette fois, avec mes confrères docteurs pour comprendre la cause de cette pathologie étrange et dangereuse. Je devenais son assistante personnelle : rendez-vous, accompagnement aux scanners, prises de sang, mammographie, radiographie, fibroscopie. Je connaissais chaque recoin secret de l'anatomie de ma mère. Il ne manquait plus que le frottis mais, gloire à Hippocrate, on m'assura que son mal ne pouvait pas être d'origine gynécologique.

Le climax de ce marathon thérapeutique fut la journée passée à l'hôpital Pompidou dans un service de pointe où elle devait, dans l'ordre : uriner dans une barquette en plastique blanc, chaque heure, sans boire ; puis en buvant ; puis se retenir, et faire des prises de sang. J'étais aux premières loges de ses sécrétions organiques. Elle m'avait suppliée de rester auprès d'elle, je justifiais ma présence par son niveau de français et le fait qu'elle ne comprenait rien à ce que tous les internes ou docteurs pouvaient lui dire sur son hypophyse et son système rénal. À cette époque, ma vie était entre parenthèses, entièrement tournée vers la santé de ma mère. Mon projet de film était au point mort, je me concentrais sur mon seul objectif : faire guérir Victoria. Je menais deux investigations en parallèle. Quelle était la pathologie qui rendait ma mère malade ? Et, d'où je venais ? Ma quête de vérité biologique était-elle l'origine de son mal ? Est-ce que j'allais la tuer à tant chercher ? Je lui cachais pourtant mes démarches pour connaître la vérité sur ma naissance.

Un éminent professeur en médecine au faux air de Mathieu Amalric trouva finalement ce qui rongeait Victoria : une obscure maladie auto-immune, son système attaquait ses propres constituants.

Chacune de nous menait sa bataille en interne.

23

Lorsque Victoria ne savait plus quoi faire, elle errait dans le Monoprix de l'avenue de l'Opéra, la main serrée sur la laisse de Cathy, son petit chien noir fatigué, un Lhassa du Tibet au faux air de vieil ewok pelé. L'animal aurait pu être flamboyant mais Victoria s'évertuait à lui raser le poil à ras, c'est plus propre. Elle se frottait l'ongle du pouce en répétant ses prières mais elle ne savait plus pourquoi elle priait exactement. Elle avait longtemps supplié sainte Rita, à l'église Saint-Roch. Chaque 1er janvier, *por favor Santita mía*, que Julian arrête de boire cette année.

Dans le supermarché, elle se laissait transporter par l'escalator descendant dans les limbes puis guider par la flèche signifiant le trajet à suivre dans les allées. Elle les empruntait une par une, scrutant chaque étagère, chaque condiment. Elle n'achetait plus que de la nourriture beige : des vermicelles, des bouillons cubes, des madeleines, des pommes de terre, des biscottes, de la matière grasse à tartiner spéciale cholestérol, des tranches de blanc de poulet, du riz au lait. Elle avait peur de la couleur, elle était malade. Même manger était devenu un danger. Ces aliments aux teintes neutres la rassuraient.

Elle n'avait plus de mari mais elle s'accrochait à son travail à la loge alors qu'elle avait largement passé l'âge de partir à la retraite. Elle voulait continuer de travailler pour économiser et donner son argent à ses deux petits-enfants. Elle avait décoré sa loge de leurs œuvres. Avec du scotch, elle collait sur les murs leurs photos et leurs dessins. Les coloriages de Bob l'éponge et Pikachu ornaient sa vie désormais. Ils pouvaient dépasser, raturer, leurs travaux manuels avaient autant de valeur à ses yeux que la Mona Lisa. Sa descendance était sa religion. Elle ne faisait que gâter les enfants de sa fille, après tout, c'est ce que les *abuelas* font. Si la petite souris devait passer, elle donnait cinquante euros. Un bon gros billet.

— Mais c'est pas possible ! Cinquante euros, mais c'est beaucoup trop maman ! Ils ne vont rien comprendre à la valeur de l'argent. Personne ne donne cinquante balles pour une dent de lait, surtout pas les femmes de ménage.

Victoria enrageait, elle se braquait. Il ne fallait jamais refuser ses dons en liquide. C'était son pouvoir de super-héroïne, ses billets tout neufs sortis de la banque.

Ni carte bleue ni chéquier, elle ne croyait qu'en la valeur rassurante, tangible, du biffeton, de la monnaie.

Elle ne s'achetait jamais rien, son caprice c'était les desserts, particulièrement les crèmes caramel de La Laitière. Leur goût lacté et sucré, blanc et brun. Elle s'en envoyait plusieurs à la suite devant des épisodes de *Columbo*. Seules sorties, elle buvait des cafés dans le quartier. Écumant les mêmes bars que Julian, elle reprenait la place du mari mort mais commandait des déca crème. Elle avait besoin de sentir la présence des poivrots. Quand ça gueulait et que ça puait la vinasse, elle était enfin rassérénée. Elle se sentait alors revivre, assise au comptoir ou à une table, à observer les clients, parler à des inconnus, dévisager les enfants et se mêler de tout ce qui ne la regardait pas. Dans les effluves des cigarettes en terrasse, elle respirait mieux, prenait moins de Ventoline.

Après quoi, elle s'abrutissait des heures devant sa télévision. Incapable d'éteindre et de dormir dans le silence, elle la laissait allumée, les fictions la berçaient doucement. Les voix nasillardes des doubleurs français éloignaient les fantômes de Dolores, Santiago, Jesús, et Sor Isabel. Victoria ne voulait plus faire ce cauchemar où quelqu'un lui tirait les cheveux violemment. Ce rêve récurrent l'effrayait, elle se réveillait à chaque fois apeurée, se frottant la tête, décollant son cuir chevelu à s'en faire craquer les phalanges. Elle l'avait sentie *de verdad* cette main qui tirait sa crinière, comme elle pouvait sentir la chienne endormie à ses pieds, le poids de l'animal, petit corps chaud sur ses orteils. Victoria pensait que cette main nocturne la conduirait vers la mort et la ferait plonger dans un trou noir, tête la première. Elle savait surtout à qui elle appartenait. C'était la main de Dolores, sa propre mère, revenue la chercher au couvent, celle qui avait empoigné la sienne sur le trajet du retour et l'avait fait marcher une bonne heure jusqu'à la maison de béton. Dolores avait serré si fort les dix doigts de Victoria qu'ils étaient restés engourdis longtemps après leur arrivée.

Encore aujourd'hui, Victoria ressent des fourmis à ses extrémités. Pour se rassurer, elle dira, c'est *l'arthrosis*. Elle racontera au rhumatologue, j'ai mal parce que ma mère me faisait laver le linge en hiver dans l'océan, les jambes et les bras trempés dans l'eau *muy fría*. Vous parlez l'espagnol ? Vous avez *una figura de español.*

Cette fois, c'est sa fille qui lui tient la main, à l'hôpital ou chez le médecin. Et c'est moi qui lui dis, tout va bien se passer *mamá*.

24

J'appelai le détective.

Celui dont j'avais glissé le numéro écrit sur un bout de papier dans un livre. J'avais longtemps pensé à lui téléphoner mais j'avais un film à écrire, une mère à veiller, des fils à éduquer et un mec à qui prouver que je n'étais pas folle.

Salut ! Qui allons-nous espionner aujourd'hui ?

La vendeuse de la Boutique de l'espion avait regardé son répertoire, oui elle avait des gens à me recommander. José-Manuel par exemple, il travaille très bien. Très professionnel.

Au téléphone, l'homme était affable, il devait avoir la soixantaine. J'expliquais mon cas, l'adoption, l'illégalité, lui disais que j'avais enfin une piste pour retrouver mes origines : un garçon né le même jour et à la même heure, dans la même clinique.

Ma requête lui paraissait envisageable et me coûterait cinq cents euros pour obtenir l'identité complète d'Ibón, que je ne paierais que s'il revenait vers moi avec un résultat. Je jubilais, cela semblait si simple.

Dans une étrange synchronisation que je ne maîtrisais pas, le lendemain, un policier de Bilbao me contacta aux aurores. Ils avaient reçu une plainte du registre civil concernant mon adoption illégale. Voilà ce qu'il était advenu de mes quelques lignes rédigées rapidement sur la feuille A4 du registre : elle avait été donnée à une juge aux affaires familiales qui l'avait traduite en plainte, qui menait à présent à une enquête de police. J'avais perdu le contrôle, sans l'avoir voulu, je devenais plaignante.

Le flic à la voix grave et solennelle voulait tirer mon histoire au clair, je devais venir dès que possible à Bilbao.

— Tout est louche dans votre adoption et dans ces deux naissances quasi simultanées, il va falloir faire un test ADN rapidement.

La police prenait ma recherche au sérieux, ils avaient l'air du bon côté de la barrière.

— Et ma mère adoptive ? Vous n'allez pas l'appeler ou l'inculper de je ne sais pas quoi ?

— Non, elle aussi c'est une victime.

Je n'osais pas dire qu'à la Boutique de l'espion, j'avais eu le numéro de la concurrence et que j'avais embauché un détective privé comme dans les films. J'allais donner leurs chances aux deux recherches, entre l'enquêteur et la police. L'officiel et l'officieux.

Dans le commissariat de la place Zabalburu, j'ouvrais grand la bouche. Le flic frottait l'intérieur de mes joues avec un coton-tige, un peu trop vigoureusement à mon goût. Je regardais son t-shirt, un logo du FBI imprimé dessus. Était-il bien sérieux de porter cet accoutrement en étant officier de police ? Est-ce que j'avais basculé dans l'irréalité la plus complète ? Tout avait saveur de farce.

— Vous buvez ? Vous fumez ?

— Oui…

— Alors on va également récupérer l'ADN de votre possible frère. Mais ne vous en faites pas, on le convoquera pour un autre motif et on gardera un de ses mégots de cigarette ou un verre dans lequel il aura bu, il ne se rendra compte de rien. On vous tiendra au courant des résultats, bientôt vous saurez si oui ou non, c'est votre frère jumeau.

Je coopérai et déroulai la fin de mon récit au policier et à sa collègue. Je racontai tous les détails portés à ma connaissance, la femme flic tapait consciencieusement sur son ordinateur de bureau, sans parler. Je regardais ses doigts boudinés transformer mon histoire en phrases dans un dossier. Dans cette pièce minuscule à l'air vicié, je ne me sentais pas bien, mes mains étaient de plus en plus chaudes et moites, ma tête tournait. Je repensais aux mille choses illégales que j'avais moi-même faites, est-ce qu'ils pourraient se retourner contre moi ? Me revenaient en mémoire tous mes menus larcins, les vols dans les grands magasins, une pince glissée dans mon sac à dos pour enlever les antivols ; les quantités de jeans Levi's, Cimarron chourés ainsi ; les rouges à lèvres du Monoprix ; les sous-vêtements des Galeries Lafayette, culotte sur culotte sur culotte. Visiblement ça n'était pas écrit sur ma gueule. Nous vous contacterons quand nous aurons les résultats. Je quittai les officiers de police en carton-pâte en taisant mon passé de cleptomane et les derniers rebondissements de mon enquête : j'omettais de dire que je connaissais l'identité du garçon. Pas un mot, non plus, sur le virement de cinq cents euros vers le compte bancaire du détective espagnol qui m'avait, depuis, fait parvenir l'acte de naissance d'Ibón par mail.

Il n'en fallait pas plus pour que j'use Google une nouvelle fois, jusqu'à la corde.

Pendant que le FBI de Bilbao investiguait, je fouillais Internet : nom de famille, études, parcours, amis, une vie à reconstituer. Tout est plus simple une fois qu'on a un nom et un prénom.

J'étais obsédée par mon possible frère jumeau. Quelles études ? Frères et sœurs ? Quels voyages ? Lectures, passion, parti politique, orientation sexuelle ? Qui sont ses parents ? Qui est sa mère ? Est-ce ma possible mère ? Je réfléchissais aux différentes hypothèses, toutes plus hollywoodiennes les unes que les autres :

un échange de bébés, une grossesse gémellaire ? Ibón. Je trouvais sa trace, je tentais de fixer son visage, faisant défiler les images publiées sur les réseaux sociaux. J'essayais de débusquer une ressemblance, une coïncidence. Des heures et des heures. J'allais jusqu'à montrer sa photo à mon entourage.

— On a fait des études de cinéma en même temps, il a été DJ, il est ingénieur du son.

Je récoltais les fragments numériques d'une existence et je les transformais en matière d'espérance. Je modelais sa vie pour qu'elle puisse correspondre le plus possible à la mienne. Je n'arrivais à rien d'autre qu'à taper son nom dans les moteurs de recherche. Le reste de mon existence était de nouveau mis entre parenthèses. Je m'en sortais comme je pouvais avec un mari, deux enfants, le dîner à faire, le poulet à retourner toutes les quinze minutes, 190 degrés Celsius, arroser à mi-cuisson, et ma non-carrière dans le cinéma. Mais je me foutais de tout, je ne pensais plus qu'à ça, j'étais encore une fille à la recherche de sa famille biologique.

En attendant les résultats ADN, je décidais de revenir sur les lieux du crime sans eux, sans les miens, je les avais saoulés, la région les avait écœurés.

J'avais des excuses et des choses à faire à Bilbao, ville austère, ce Sud qui est un Nord. Mettre en vente l'appartement des parents ; me balader dans le quartier de ma grand-mère la prostituée, aujourd'hui gentrifié ;

passer devant la Miséricorde, le pensionnat de mon père ; boire à sa santé dans les bars de la ville blême ; aller au Guggenheim, déambuler entre les sculptures monumentales de Richard Serra ; passer devant la clinique où j'étais née ; dévisager les femmes. Je parcourais la ville, trajets concentriques à la recherche du noyau dur introuvable. Mais Bilbao ne m'offrait aucun indice sur mon origine. Au contraire, elle me plongeait dans un état dépressif avec son ciel hâve, ses immeubles ocre et ce perpétuel crachin qui me glaçait les os. Je ne connaissais ce lieu que l'été, je découvrais là sa face asthénique.

Je parlais chaque soir au téléphone avec Robin, il me comprenait et me disait de faire ce que je devais. Mais reviens. En attendant, je dormais chez mon amie d'enfance Purificación. Nous nous étions connues dans l'immeuble de mes vacances d'été, c'était la seule à ne pas se foutre de ma gueule de Parisienne. Elle veillait désormais sur moi à chacun de mes voyages, elle cuisinait, me faisait frire les meilleurs œufs au plat dans des bains d'huile d'olive, m'encourageait dans mes démarches et surtout me faisait rire. Vive et généreuse, elle bossait dans le supermarché Simply de notre quartier, où elle était *colocadora*. Personne chargée de vérifier que le supermarché dispose d'un stock suffisant de produits, en veillant à ce que les bouteilles soient présentables et propres, en respectant toujours l'itinéraire qui lui est assigné. Puri m'aidait à organiser mes idées comme elle rangeait ses rayonnages de gels douche, shampoings ou déodorants. J'étais sa tête de gondole. Elle m'avait appris à faire des churros maison et à rafraîchir des bières rapidement. Il suffisait pour cela d'enrouler la canette avec une feuille de sopalin humide et de la mettre au congélateur, en une dizaine de minutes, c'était frais. Elle m'avait aussi appris que les gens bien existent, pas seulement dans les films de Noël. Puri m'accompagna un soir en bas de chez Ibón, j'avais eu son adresse grâce au détective puis aux pages blanches. Elle attendit avec moi plusieurs heures. On ne le vit jamais sortir ou entrer.

Après quelques bières et des Lucky menthol qu'on fumait à la fenêtre, juste au-dessus du linge qui séchait, je m'écroulais enfin. Je me couchais toujours dans la chambre de son plus jeune fils, dans son lit une place. Comme une enfant, j'avais encore peur de dormir. Je repensais à *Matter of Time*, la matière du temps, l'œuvre de Richard Serra, salle 104 du musée Guggenheim de Bilbao. En marchant dans le circuit de plaques d'acier massives de façon aléatoire, dans cette boucle d'acier rouillé, je voulais croire à une renaissance, à mon propre accouchement. Est-ce que ma recherche, c'était du temps perdu ? Je me sentais coincée dans cette faille sombre de ma vie. En son sein, j'y buvais un lait amer. Devais-je renoncer à mener cette quête ? Je me voyais telle une enfant capricieuse s'acharnant sur un escalator, essayant de monter l'escalier mécanique alors que lui descend. Je m'époumonais encore à remonter la piste alors que je devais dormir. Ma persévérance était-elle une volonté de m'échapper de la vie au présent ? Invoquer le droit de savoir me permettait-il de fuir mes obligations familiales et professionnelles ?

Je culpabilisais de chercher. Sans avoir rien trouvé de nouveau, je rentrai à Paris.

25

Le résultat était négatif.

L'ADN ne correspondait pas. J'avais presque eu un frère. Cela faisait des mois que je vivais avec mon jumeau virtuel. Il ne le savait pas, mais Ibón avait fait partie de mon quotidien. Tout le monde le connaissait autour de moi. Et voilà qu'il disparaissait d'un coup. Ainsi s'évanouissait mon rêve de fratrie. J'étais vexée. Je relisais encore le mail envoyé par la police.

En relation avec votre requête, pour collecter des données auprès de l'équipe qui a mené l'enquête, je vous informe : Comme cela a peut-être déjà été signalé, la clinique du docteur XXXXXX située dans l'actuelle rue XXXXXX à Bilbao a disparu en 1985, lorsque le site a été occupé par un hôtel. Le médecin qui la dirigeait, M. XXXXXX, est décédé à XXXXXX en 1997. Au service de santé, ils n'ont pas le dossier des naissances survenues à la clinique le 2 novembre 1979, dont les données ont été obtenues par l'intermédiaire de l'état civil de Bilbao.

D'après les données transmises par le greffe, on obtient que le 2 novembre 1979, un enfant de sexe masculin et la plaignante Mme María Larrea sont nés dans cette clinique, cette dernière avec une différence de 15 minutes après le garçon. Il n'y a aucune mention indiquant qu'aucun d'eux aurait été adopté. Cependant, de la déclaration de la mère du garçon, il est obtenu qu'après l'accouchement, une religieuse lui a demandé de bien vouloir allaiter une fille qui allait être adoptée en France. De même, le greffe a été prié de nous informer d'autres naissances survenues à des dates proches du 02/11/79 dans cette clinique, étant informé que le 01/11/79 est né un autre enfant de sexe masculin. Afin de déterminer s'il existait un lien de parenté entre les trois enfants susmentionnés, la plaignante et les deux garçons, il leur a été demandé de fournir leur ADN, ce qu'ils ont accepté de faire, et avec lequel une étude mitochondriale a été réalisée. Celle-ci a abouti au résultat suivant : aucun des trois ne sont frères l'un de l'autre. L'ADN des mères des deux hommes a également été demandé, d'où il a été obtenu, avec un indice de probabilité supérieur à 99,999 %, qu'elles sont bien les mères biologiques de leurs enfants respectifs.

Compte tenu de l'impossibilité de passer de nouveaux tests, le 18/02/16, les résultats de l'analyse ont été remis au tribunal d'instruction n° 10 de Bilbao, clôturant l'enquête policière.

J'espère avoir clarifié tous les doutes que vous pourriez avoir.

Dans cette avalanche de phrases à la tournure administrative impossible, un détail troublant et organique attira mon attention.

Cependant, de la déclaration de la mère du garçon, il est obtenu qu'après l'accouchement, une religieuse lui a demandé de bien vouloir allaiter une fille qui allait être adoptée en France.

Je notai cette information et la gardai pour plus tard. Là, j'en avais ma claque de cette affaire. Dix ans que j'investiguais et voilà où j'en étais. Je laissais tomber, à bout de nerfs. Écœurée. Va te faire foutre Bilbao, tes adoptés, tes bébés volés. Ou pas volés.

Quelques mois plus tard, je fus rattrapée par la ville. L'agent immobilier m'appelait : il avait enfin une acheteuse pour l'appartement.

C'était le jour de l'Épiphanie. Je suis sortie acheter une galette des Rois à la boulangerie. Je faisais la queue en regardant les différentes pâtes feuilletées et luisantes de beurre. Cachaient-elles une épaisse frangipane imbibée de rhum ? Avant de décider laquelle j'allais choisir, j'acceptais le prix proposé pour le trois-pièces de mes parents.

Le soir, Robin et moi nous arrangions pour que notre plus jeune fils ait la fève. Je soulevais discrètement la pâte pour repérer où était cachée la tant convoitée petite pièce de faïence tandis qu'il était sous la table à hurler nos prénoms.

Une fois l'enfant couronné et sa reine choisie (son père), j'écrivis un message sur Facebook à la mère d'Ibón. C'était peut-être mon dernier voyage à Bilbao avant longtemps, j'allais vendre l'appartement et je n'aurais plus de prétexte pour y revenir. Jusque-là, je m'étais empêchée de leur écrire à elle et à son fils. Je laissais le temps de l'enquête suivre son cours mais cette fois, je n'avais plus rien à perdre. Elle savait peut-être quelque chose. Après tout, elle aussi était dans cette clinique.

Cependant, de la déclaration de la mère du garçon, il est obtenu qu'après l'accouchement, une religieuse lui a demandé de bien vouloir allaiter une fille qui allait être adoptée en France.

Je résumais du mieux que je pouvais ma situation.

Bonjour, je sais que vous avez accouché le 2 novembre à la clinique XXXXXX, je suis moi-même née dans cette clinique ce même jour et j'ai été adoptée. Je suis à la recherche d'informations sur ma naissance. Si jamais vous acceptiez de prendre un café avec moi, j'en serais ravie, je vais voyager à Bilbao ces prochains jours (j'habite à Paris) mais si vous refusez, je comprendrai tout à fait et ne vous enverrai donc plus de message. Merci beaucoup. En espérant ne pas trop vous déranger.

Begoña me répondit une heure plus tard.

Moi et ma famille nous serions ravis de vous rencontrer. Appelez-moi quand vous êtes en ville.

La saveur de l'amande encore en bouche, des miettes de feuilleté partout sur mes vêtements, la langue graissée de beurre, je tremblais devant cette réponse chaleureuse et de saison. Les Rois mages ne m'avaient pas oubliée.

26

J'allais revendre le seul bien immobilier jamais possédé par les deux immigrés espagnols. Je savais ce qu'il avait représenté pour eux : les racines, les vacances, leurs économies, la propriété. Bientôt la fin d'une époque.

Je retournais chez Puri début février, nous étions excitées comme des folles à l'idée de la rencontre du lendemain. Dans la cuisine, on enchaînait les bières, technique du rafraîchissement avec sopalin au congélateur, cigarettes à la fenêtre, frites et bocaux de poivrons rôtis maison pour le dîner. On fait mon lit toutes les deux, on tend le drap-housse en parlant de Begoña et déroulant les nouvelles de chaque membre de nos familles. Puis on s'installe devant la télé, dans le canapé d'angle en velours rouge, le même rouge que celui de son polo du supermarché Simply.

Purificación partait travailler à six heures du matin. Elle me laissait le presse-agrumes branché sur secteur et des kilos d'oranges (une belle promotion était en cours). Je pris mon petit déjeuner avec ses fils avant de rejoindre le centre de la ville.

J'arrivai chez le notaire avec la migraine. J'avais un peu abusé de la bière la veille et j'avais dû serrer les dents toute la nuit. Mes tempes se crispaient et se vissaient à ma mâchoire dans une seule et même tension. Dans cette pièce sans fenêtres, siégeaient autour de la table une femme divorcée qui devait se reloger, l'agent immobilier qui transpirait, les gens de loi, et moi. Je m'étais fait une allure de fille bien, avec un faux air de bourgeoise. J'avais mis un blazer en laine noire et une chemise, j'avais cru bon de m'habiller pour la circonstance. Je ne me ressemblais pas et j'avais trop chaud, je commençais à sentir mauvais. Je n'avais jamais vendu ni acheté de propriété. Je signais les papiers de la vente de l'appartement avec émotion. Mon père avait adoré cet endroit. Ma mère, elle, n'avait pas hésité une seconde : vends-le, j'en veux plus. *Adiós* Bilbao.

En sortant, je regardai ma messagerie, Begoña m'avait écrit. Elle me donnait rendez-vous dans un bar, à dix-huit heures. *Cafetería Diana a las 18 h 00 ?* Bien sûr que j'y serai. *Claro, hasta luego.*

La ville était plongée dans l'obscurité et dès seize heures, je me retrouvai sous une pluie pénible, des gouttes grosses comme des poings. L'humidité de l'hiver basque me rongeait les articulations et me détrempait la gueule. Je n'avais rien à faire en attendant la rencontre. J'entrepris de tuer le temps au Corte Inglés. Dans les rayons du grand magasin incontournable, je regardai le prix de chaque article que je n'achèterais pas. Jusqu'au moment où il fallut me décider à aller à la cafétéria. Je m'étais si bien occupée à ne rien faire que j'étais en retard.

Je rentrai dans le bar presque vide en me demandant si la Diana en question, c'était Lady Di.

Une seule tablée de vieilles dames, installées devant des chocolats chauds ; une machine à sous solitaire ; un serveur aux cheveux blancs derrière le frigo à tapas. Je distingue alors une femme qui se lève au fond de la salle en me voyant. Sous la lumière crue des néons, elle est magnifique. Élégante, classe. Je m'approche, fébrile et me présente. *Soy María.* Elle me sourit.

— Je suis Begoña, je suis ta mère de lait.

Je reste sans voix, interdite devant elle. Encore une phrase choc qui fait défiler les idées à une vitesse folle. Je pense alors au mail du flic, l'allaitement, la bonne sœur, je suis en apnée. Elle m'embrasse, m'enlace, sans cesser de sourire malgré l'émotion qui la submerge. Nous nous asseyons. Elle continue son récit, ses yeux embués se couvrent de larmes, son visage est encadré par une habile sculpture asymétrique de boucles grises et blanches.

— Mon fils ne pouvait pas prendre le sein. Il avait un problème de frein à la langue et mes seins s'engorgeaient. Une religieuse est alors venue dans ma chambre et m'a proposé quelque chose. Elle m'a dit qu'un bébé qui venait d'être abandonné allait être adopté par une famille vivant en France, à Paris. Que ce bébé avait faim et que je pouvais le nourrir avec mon lait. Elle t'a amenée, si petite, et sans réfléchir, je t'ai nourrie. Vous étiez là, comme des jumeaux dans mes bras avec mon fils, Ibón. Je pensais que je pourrais te garder mais tu avais une famille qui t'attendait.

Elle reprend sa respiration, nous sommes étrangement haletantes toutes les deux, le souffle de l'affection et de l'inattendu me tient.

— Depuis ce jour, j'ai toujours pensé à toi et parlé de toi à mes deux enfants. Chaque 2 novembre, quand on célébrait l'anniversaire d'Ibón, on servait une autre part de gâteau pour Loulou de Paris. On t'avait surnommée comme ça. Le fameux bébé que j'avais allaité qui était parti pour la France.

Cependant, de la déclaration de la mère du garçon, il est obtenu qu'après l'accouchement, une religieuse lui a demandé de bien vouloir allaiter une fille qui allait être adoptée en France.

Après un temps, elle ajoute.

— Mon fils attend dans le bar d'à côté. Il a hâte de te rencontrer. Est-ce que je peux l'appeler pour qu'il nous rejoigne ?

Devant cette femme qui m'avait fait un don aussi beau et surprenant, je redevenais toute petite, un nourrisson. Je découvrais une nouvelle mater, nourricière, qui avait fait la liaison entre mes deux mères parallèles. Comme j'ai hâte moi aussi de le rencontrer, mon frère de lait.

Il entre dans la cafétéria, accompagné de sa petite amie, et s'installe sur la chaise à côté de sa mère, c'est bien lui, Ibón, celui que j'ai épié durant des mois. Comme des petits jumeaux. La tarologue avait encore vu juste. Je n'étais pas seule. Begoña avait tenu la main de ce bébé délaissé pour un temps. L'enfant en stand-by de nouveaux bras, de nouveaux seins, ses membres qui se tendent sans coordination, ni contrôle, son corps électrique posé sur l'inox nettoyé de la salle d'accouchement. Ce nourrisson qui recherche le contact, la paroi de l'abdomen puis du berceau, la laine d'une couverture, enfin rassuré une fois qu'il est emmailloté. Presque étouffé d'amour. J'avais crié famine et j'avais été nourrie.

Nous avons passé la soirée à faire la tournée des bars de Bilbao, à manger et se réjouir devant des bouchées grasses et salées, avec d'étranges sourires extatiques. Nous ne nous connaissions que depuis quelques heures, mais j'avais eu mes lèvres collées à son sein, bu le lait de son fils, je m'étais incrustée pour un instant dans leur mythologie familiale. *Je pensais te garder avec moi mais une famille t'attendait*, cette phrase résonnera en moi pour longtemps.

En me couchant ce soir-là, dans l'odeur de chaussettes de sport de la chambre du fils aîné de mon amie, je redécouvrais un profond attachement aux miens. Il était temps de revenir à la maison.

Deux jours plus tard, le train me ramenait à Paris. Je serrais mes enfants dans mes bras. J'embrassais Robin. Le jardin des Tuileries, le musée du Louvre, *los franceses, los parisinos.* Victoria. Ils m'avaient tous manqué.

27

Deux ans plus tard. Quelques jours avant Noël.

Je suis assise sur une chaise pliante devant la librairie Shakespeare and Company, il fait déjà nuit. J'écoute la romancière Jeanette Winterson lire un extrait de son nouveau livre. Sa voix sort d'une enceinte, il y a trop de monde à l'intérieur, nous sommes une dizaine, installés dehors. Je suis venue seule, dévote allant écouter un prêche. Tous les auditeurs sont ratatinés sur eux-mêmes pour lutter contre le froid de décembre et l'humidité de la Seine, si proche, dans notre dos. La tête rentrée dans les épaules, j'écoute mais je ne comprends pas grand-chose. Je ne suis pas nulle en anglais, du moins c'est ce que je crois, puisque je fais rire mon amie canadienne. Déclencher le rire dans une langue étrangère, c'est presque gage de bilinguisme. Je me concentre pour saisir ce qu'elle dit mais je me perds, alors je me laisse bercer par l'accent britannique de Jeanette. Je peux enfin mettre une voix sur ses mots.

L'intérêt est pour moi tout autre que le texte qu'elle lit. Je recherche une autre forme de connexion. Jeanette Winterson est une autrice britannique célèbre. Fille adoptive d'un couple de bigots de Manchester, elle publie son premier roman à l'âge de vingt-cinq ans. C'est aussi l'une des premières femmes étudiantes en littérature à Oxford. Elle écrit, à la cinquantaine, un essai sur son parcours d'adoptée et écrivaine, *Pourquoi être heureux quand on peut être normal ?* La lecture de ce livre m'a sauvée quand j'étais sous le choc de la révélation de mon adoption. À cette époque, j'étais au fond du seau. J'aurais pu me jeter dans la Seine, je tournais certains soirs un peu trop près du bord. J'avais même préparé une valise avec quelques affaires de rechange pour aller aux urgences psychiatriques de l'Hôtel-Dieu après avoir vu un documentaire de Raymond Depardon sur ce service. C'était ça, ou me balancer par-dessus le garde-corps du pont des Arts. Jeanette elle aussi avait été tourmentée jusqu'à penser sérieusement au suicide à un moment de sa vie. Elle en parle dans son ouvrage. Elle surmonta ce passage dépressif logée par la famille de libraires de l'exacte librairie où je me trouvais à présent pour l'écouter pieusement. Je me retrouvais dans sa volonté de tourner en dérision les moments les plus difficiles de sa vie et son texte résonnait si fort avec ma nouvelle identité. Je me raccrochais à son parcours en me disant, ça va aller, regarde-la. J'avais alors décidé de faire une pause dans mes recherches. Après avoir sacrifié des années de mon existence concentrée sur mon enquête, j'étais rincée et la rencontre avec ma mère de lait m'avait apaisée pour un bon moment.

Bientôt, la messe est dite. Séance de dédicace, longue queue de fidèles. Je suis fébrile, je piétine, les mains moites et les pieds gelés. C'est le moment que j'attendais, me rapprocher physiquement d'elle. Je suis la prochaine.

J'ai enfin cette femme que je chéris en face de moi. Je pense, c'est peut-être mieux que de rencontrer sa mère biologique ? Elle est là, assise, veste en tweed de rigueur, frêle silhouette et regard franc, à enchaîner les signatures. Je reconnais l'espièglerie déjà manifeste sur la photo d'elle publiée en quatrième de couverture.

Je lui raconte que moi aussi – c'est fou le bien que ça fait de pouvoir enfin dire *moi aussi, comme vous* – j'ai été adoptée et que je l'ai appris très tard. Je bégaye en anglais, je lui dis que je veux écrire mon histoire. Elle se fige. Silence. Moi-même je ne dis plus rien, je fixe le verre de vin rouge qu'elle a sur sa table. Je le boirais bien. Jeanette réfléchit un temps puis me répond que c'est sacrément dur d'apprendre si tard qu'on a été adoptée. J'acquiesce en souriant, avec un malaise de groupie qui n'a rien à dire de brillant. Je lui tends un exemplaire neuf de son dernier bouquin et mon exemplaire corné de son essai.

Elle l'ouvre, pose son index sur la page de garde, le regard perdu dans l'espace vierge qu'elle a à sa disposition. Entre le titre et son nom, elle se met à rédiger. Je tourne la tête, gênée, comme si elle était en train de faire son code de carte bleue. Puis la remercie. On échange un sourire et je quitte rapidement la librairie, comme une voleuse. Sans me retourner. Je dois calmer mon cœur qui bat trop vite.

Un peu plus loin, sous le regard de Notre-Dame, au kilomètre zéro de Paris, j'ose enfin ouvrir le livre. Je découvre sa véritable plume, une phrase manuscrite.

Dans l'obscurité de l'hiver, je fais le point sur les pleins et déliés de l'autrice, et les mots se dessinent :

To Maria,
We can change the story because we are the story.

C'est bientôt la nuit de la Saint-Sylvestre et je rêve soudain d'être à l'autre kilomètre zéro, celui de Madrid, à la Puerta del Sol. On y mange un grain de raisin à chaque son de cloche, douze grains pour les douze mois de l'année, pour se porter chance. Je voudrais avaler les pépins pour que germent en moi mes propres racines. Entourée d'inconnus, je pourrais faire le vœu de la retrouver elle, en me retournant sur chaque femme de la cinquantaine. Dévisageant, cherchant, la parturiente zéro.

Je relis sa phrase et d'un coup, je comprends.

On ne se souvient pas du moment de sa naissance. Mais on peut l'imaginer.

En rentrant chez moi, je décide de commencer l'écriture d'un roman. J'entrevois ce que je peux raconter, à défaut de trouver la source de mes vérités. Raconter la grappe humaine que nous formons Victoria, Julian et moi, trois orphelins d'une même nation.

28

Je travaillais à un scénario de film d'horreur sur la maternité quand je reçus le mail d'un ami. Je lisais et relisais le début d'article du *Monde* qu'il m'avait transféré. C'est sur les tests ADN, ça peut t'intéresser.

J'en avais déjà fait un, avec une société suisse, il y a deux ans, au moment de la rencontre avec Begoña et Ibón. Je m'étais dit qu'on ne pouvait pas faire plus rassurant que les Helvètes pour prendre soin de banques. Argent ou données génétiques, ils me paraissaient être les plus à même de faire leur travail avec sérieux et discrétion. Je peux avouer que le prestige suisse m'avait aussi convaincue. J'ai toujours choisi l'option la plus chère, ça me rassure, du restaurant au vin, pull, médecin, le plus onéreux sera le meilleur. Je me trompais, les Suisses n'étaient pas leaders sur le marché. J'avais toutefois été rassasiée par les informations qu'on m'avait transmises sur mon identité folklorique. Quatre-vingt-dix pour cent ibère, dont quinze pour cent de basque pur et dur, huit pour cent scandinave. Ces données justifiaient mon monosourcil, mon amour de la Suède et mon caractère colérique. Fifi Brindacier pêchant la morue à Terre-Neuve.

N'étant pas abonnée au *Monde*, je n'avais pas accès à l'enquête journalistique en entier. Il me restait quatre-vingt-douze pour cent d'article à lire, mais le chapeau, en gras, était assez limpide. *Adopté très tôt, Sylvain L., un enseignant trentenaire, n'avait jamais cherché à en savoir plus sur sa naissance. Jusqu'à ce qu'il commande un kit ADN sur Internet – un procédé interdit en France.*

Je renonçai à payer pour découvrir la suite. Je n'en saurais pas plus, ni sur Sylvain, ni sur sa vie. Mais si on m'avait transmis cet article, à moi, l'adoptée, j'en déduisais que c'était parce que le reste nous apprenait que ledit Sylvain avait retrouvé sa famille. Dans les derniers mots visibles, je pouvais lire *MyHeritage*.

Je lançai une nouvelle recherche sur mon vénéré Google. MyHeritage : *plateforme payante de généalogie en ligne. La société commercialise des kits d'analyse ADN afin d'effectuer des tests génétiques.*

J'énonçais pour moi : si Sylvain a réussi, pourquoi pas moi ?

Je découvrais en trois clics que je pouvais transférer mes données brutes d'ADN personnelles recueillies par les Suisses au site de MyHeritage. Gratuitement ! La vie est bien faite et certaines entreprises sont bien meilleures que d'autres. Un nouveau monde de possibles relations génétiques, familiales, perverses, abusives et virtuelles s'offrait à moi.

Jusqu'ici, ma longue enquête sur mes origines, mon adoption illégale, post-franquiste et poisseuse, m'avait finalement menée à un cul-de-sac, tout mon passé s'était effrité. Les coupables étaient morts, les rues avaient changé de nom, les registres ne registraient plus. Mais le mail de mon ami et cet article à moitié lu, relancèrent à vive allure la machine à espérer dans ma tête. Je soupçonnais une possible résolution. Je décidai de m'inscrire sur MyHeritage et de partager une nouvelle fois cet infernal ADN.

La procédure était simple : *lorsque vous frottez l'intérieur de votre joue, les cellules épithéliales se collent au coton-tige. Elles sont facilement accessibles et peuvent être collectées de manière non invasive. Les cellules collectées par le frottis de joue sont également des cellules germinales, ce qui signifie que l'ADN qu'elles contiennent est hérité de vos parents, par opposition aux cellules somatiques qui incluent des mutations que vous avez acquises au cours de votre vie. Dans chacune de ces cellules se trouve un noyau, et dans chaque noyau se trouve une copie de votre ADN, votre matériel génétique. L'ADN est une molécule très stable – il n'est pas facilement détruit par les changements de température ou par sa mise en place dans le flacon –, c'est pourquoi il n'est pas difficile de l'envoyer au laboratoire par la poste sans précautions particulières ou emballage spécial.*

Quelques semaines plus tard, je recevais mes résultats. Après toutes ces années de purgatoire, je fus généreusement rétribuée. J'avais plusieurs correspondances avec d'autres membres de MyHeritage, et à un pourcentage très élevé. J'avais des matchs, comme sur une application de rencontre. C'était inespéré, digne d'une belle soirée de flambe au casino.

Comment se fait-il qu'un cousin germain éloigné au premier degré, un certain Juan-Pedro, ait décidé un jour de se frotter l'intérieur de la joue gauche puis droite avec un coton-tige sous blister ? Pour enquêter lui aussi sur des secrets familiaux ? Et cette grand-tante de quatre-vingt-dix ans, aujourd'hui disparue, quelles motivations pour donner son ADN ?

Qu'importe, je me découvrais une vaste famille, grand-tante, cousin germain, cousine issue de germain. Fille unique d'un couple stérile d'expatriés, j'apprenais tout un lexique.

J'avais commencé un récit peu de temps auparavant, et voilà que de nouvelles pistes apparaissaient. Tout en redessinant mon passé familial sur mon logiciel de traitement de texte, j'apercevais enfin la zone génétique et géographique de mon origine. L'écriture a eu cette vertu insoupçonnée de provoquer une réaction dans la réalité.

À nouveau, je triturais le Net, les nécrologies, LinkedIn, Facebook, *páginas amarillas*, *páginas blancas*, et fabriquais l'ersatz d'arbre généalogique de cette grand-tante providentielle. Je découvrais qu'elle était décédée. Elle avait eu un frère et une sœur, l'un ou l'autre était donc, par déduction, l'un de mes grands-parents. Leurs enfants devenaient dès lors des candidats possibles à ma filiation directe. Dix suspects. Le faisceau se réduisait autant que mes talents d'enquêtrice s'épuisaient.

J'embauchai une généalogiste, Murièle, vosgienne et mexicaine par alliance, elle parlait le castillan à la perfection. Acquise émotionnellement et financièrement à ma cause, elle partit en croisade à mes côtés. Elle demandait des actes aux divers registres, reconstituait l'arbre de façon précise, professionnelle. Et téléphona un jour à mon match ADN, mon cousin germain. Celui qui m'offrait la vérité sans le savoir.

Le cousin fut surpris de l'appel de Murièle mais charmé par son accent français. Il réagissait en gentleman, il proposait son aide dans l'enquête et se réjouissait de connaître un nouveau membre (moi) dans sa grande famille merveilleuse. Comment ? Un enfant abandonné ? Une cousine ? Non, la famille c'est sacré, les enfants sont sacrés. Nous saurons l'accueillir, j'ai une petite idée, je vais en parler à mon frère. Mais je ne devrais peut-être pas m'en mêler ? Je pense à une femme de ma famille, une cousine qui a eu, disons, une vie dissolue. Ah oui, cela pourrait être elle, mais je dois vérifier, nous nous réunissons souvent, je pourrais lui parler.

Mais il ne parla plus. Le cousin s'était rétracté, effrayé de froisser sa grande tribu. Son frère lui avait dit de ne pas se mêler à cette affaire.

Murièle prit peur elle aussi. La famille d'origine était bourgeoise, vaste entreprise d'avocats, médecins, notaires, gens bien nés et élevés, bien nourris, bien lotis. Ils pouvaient mal le prendre, diffamation, atteinte à la vie personnelle, à l'intimité. N'avais-je donc aucun mérite à avoir changé de classe sociale ? La découverte d'être liée, par mon sang, à une famille puissante, une famille de patrimoine, me laissait une saveur étrange dans la bouche. Bleu marine et mines d'enfants nourris au bon grain, images de bourgeoisie, de grande famille, on était loin du polyester, de l'Arcopal et de la Camel sans filtre.

Où se logeait l'erreur, le coït fatal qui mena à mon abandon, à mon déclassement ? Comme dans une vieille publicité pour le travail en intérim, il fallait que je conjugue les talents pour réussir cette dernière liaison, jusqu'à mon ascendance, façon homme de Vitruve.

La généalogiste insistait, nous avions besoin de quelqu'un de mieux armé que nous dans ce travail. Elle avait trouvé une femme en Espagne, spécialiste de la médiation familiale, adoptée et avocate, Beatriz. Elle cochait toutes les cases. Au téléphone elle m'avait bluffée, personne n'avait jamais aussi bien saisi mon profond et tenace besoin de savoir d'où je venais.

Avec sang-froid, un solide bagage juridique et une connaissance très intime du sujet, elle s'occupait d'appeler membre après membre les individus de la *familia*. Il n'a suffi que de deux coups de bande sur le billard : elle avait trouvé un homme dans la bonne branche. M. Il n'était pas le géniteur mais un parent assez proche de ma mère biologique, si je comprenais bien. Il fut choqué par l'annonce. Une enfant, abandon, adoptée en France, l'ADN a parlé, c'est quelqu'un tout proche de lui. Il avoua avoir un doute sur une femme, sa sœur.

M, me disait Beatriz, avait été exquis au téléphone, je lui faisais confiance, ce n'était pas une midinette prête à se faire amadouer. Si elle le validait et qu'elle se réjouissait de sa façon de prendre les choses, c'est que ça sentait bon pour moi.

Quelques jours plus tard, un après-midi de juin, je reçus un appel de Beatriz.

Assieds-toi. Félicitations. Elle a confirmé.

La femme sur laquelle portaient les soupçons, avait dit : oui, c'est moi la mère de cet enfant.

Je me suis assise sur le rebord de mon lit et j'ai crié : mais non !

29

J'ai toujours aimé les chiens.

Je sais maintenant que je suis comme eux, je suis une chienne.

Ma meute m'a abandonnée et l'on m'a sevrée. J'ai lapé l'eau fraîche et mangé la pâtée. J'ai aboyé et j'ai pleuré de peur qu'on me laisse à nouveau. J'ai été nerveuse quand mes maîtres faisaient leurs valises et j'ai fait la fête quand ils rentraient à la maison. J'ai couru derrière eux et j'ai sauté sur leurs genoux. J'ai dormi à leurs pieds. J'ai cherché les caresses et les friandises.

Voilà ce que je suis, un animal blessé et tenu en laisse. Je suis docile, je me retiens de mordre pour ne pas que vous me donniez des coups de bâton. Je gémis dans mes nuits traversées de mauvais rêves, ma langue pendante, vie de perdante, je vous en supplie posez vos mains sur ma tête et rassurez-moi.

Je suis une chienne qui pistait sa meute, je l'ai finalement retrouvée.

30

Je découvrais que la femme avait les mêmes initiales que Michael Jackson. J'apprenais l'identité de ma mère biologique et je cherchais déjà le point commun, le rebord auquel je pourrais commencer à m'accrocher, celui qui rendrait l'empathie possible. La filiation.

Je tombais toujours en amitié ou en amour avec ceux qui écoutaient la même musique ou aimaient les mêmes romans que moi. Un type avait lu *Martin Eden* en écoutant les Talking Heads, je me jetais dans son lit. Sans parler des signes astrologiques, ils étaient une preuve supplémentaire, début d'histoire ou fin de non-recevoir. Ma mère biologique partageait les initiales de l'enfant noir et blanc, de l'enfant prodige, l'enfant connu de tous. L'enfant que je n'avais pas été.

Du jour où je sus enfin le nom de la génitrice, je me transformai en vampire assoiffé d'informations et de détails. Grands, petits, insignifiants pour le commun des mortels mais d'une puissance tout aussi dévastatrice qu'analeptique. Je les traquais, après tant d'années de recherches et d'enquête. Je crevais d'envie de voir une liste de points communs s'établir en nous, cherchant dans chaque indice les accointances, les similitudes, les synchronicités. Comme dans une marelle, je voulais avoir un coup d'avance, savoir où était posée la craie. Je cachais terreur et rancœur dans un jeu de cherche et trouve. Sur mon téléphone, sur mon ordinateur, j'avais tapé son patronyme sans cesse, écumé les pages internet pour tenter d'avoir une adresse, un métier, un visage, un profil. Mais je savais que seule la rencontre, celle de chair et de sang, de parfum et d'exsudation, serait la source de ma satisfaction. En m'imaginant écouter son récit, j'ai une oreille qui saigne.

Beatriz contacta la génitrice, la rassura sur mes revendications (je ne voulais rien d'autre que mon histoire, pas d'argent, pas d'embrouille, je venais en paix) et proposa d'organiser une entrevue. Nous étions toutes les deux d'accord, mais j'avais eu besoin de laisser passer l'été, de préparer en amont le possible choc de la confrontation, laisser cuire ma peur au soleil.

C'est dans une ville élégante du Pays basque espagnol, proche de la frontière entre nos deux pays qu'aurait lieu, de façon diplomatique et bien élevée, le tête-à-tête entre celle qui traque et celle qui se cache.

À chaque kilomètre effectué par le TGV Atlantique, la sécrétion d'adrénaline augmentait dans mon organisme. Dans ma chambre d'hôtel, la crise de panique tapa fort et je dus me prendre dans mes propres bras, seule, pour me rassurer moi-même. La pandémie avait eu pour effet de vider les minibars de l'établissement, il fallait descendre au bar et montrer patte blanche si l'on voulait éponger son angoisse, redonner du relief à son sourire, raviver son haleine fétide de voyageur.

J'avais donc bu. Quelques heures me séparaient du moment où j'allais raccrocher les wagons du train. Je me douchai, péniblement. Je savonnai chaque partie de mon corps, encore ivre, je tanguai. J'essayai de faire fondre la crasse de mon humeur et la saleté de mon abandon. Je ne voulais pas me présenter face à ma mère biologique avec la même amertume que mes gin tonic. Je passai ma main sur la cicatrice de ma césarienne, presque effacée, juste au-dessus de mes poils pubiens, sombres, ma chatte d'Espagnole. Sentir la fleur d'oranger bon marché, le musc synthétique, le déodorant citronné. Nettoyer chaque interstice entre les dents jusqu'à s'en faire saigner la gencive. Brosser la masse de cheveux. Je me demandais, a-t-elle la même couleur ? Épaisseur ? Mettre le pyjama Uniqlo censé laisser passer l'air entre les fibres, chaud mais frais, heureuse mais triste. Cette nuit fut cubiste.

C'était un beau matin de septembre, le temps de merde annoncé par mon téléphone avait miraculeusement changé. Les extrasystoles de mon cœur m'indiquaient qu'il était l'heure. L'heure d'y aller. Elle est née en mars, elle est Poissons, un signe d'eau, elle doit être très émotive. Je pensais à des conneries pareilles dans l'ascenseur. Et aussi, c'est une fausse blonde, j'ai toujours voulu être blonde. Elle a voyagé en Russie, j'ai appris le russe au collège. Des pas résonnent dans le hall, elle arrive. Quelques minutes encore avant la seconde délivrance.

Et la rencontre eut lieu. Ce fut un 11 septembre, l'une but de l'eau pétillante, l'autre un vermouth. L'une était en noir, l'autre était en blanc et vert. L'une était plus grande que l'autre. On se raconta les décennies à petits mots, en quelques phrases, deux ou trois heures à résumer des vies cabossées. Je contais mon enquête, celle de l'enfant cherchant son origine. Je racontais comment j'avais reconstitué le puzzle jusqu'à maintenant. La coupable de la procréation affichait un air contrit de circonstance. Prévisible. Sauf quand elle annonça avec une certaine fierté qu'elle avait réussi à cacher sa grossesse à ses parents, ses frères et sœurs, ses deux filles, en portant une gaine qu'elle avait dérobée à sa mère. Une gaine qui comprimait le ventre. La croissance avait pourtant eu lieu dans cette alcôve humide et rétrécie. Ma pulsion de vie avait été plus forte. C'est à ce moment que je vis ses dents, j'étais hypnotisée par ces deux rangées si droites, deux rangées fascistes, rabotées par un dentiste onéreux. Les dents de la bourgeoisie, mâchoire solide, les crocs qui mordent. J'osai la question concernant mon père biologique, le grand oublié de cette affaire. Elle me répondit qu'elle ne se souvenait pas, que la nuit était folle. Je n'insistai pas, nul besoin d'en savoir plus. J'étais éreintée par toutes ces familles à ne plus savoir qu'en faire, je m'économiserais l'identité du géniteur.

Elle pleura quand j'évoquai ses filles, mes demi-sœurs. Je ne voulais pas la brusquer en les contactant moi-même. Si quelqu'un devait le faire, c'était le trait d'union, la mère. Elle. Je savais que ce serait une épreuve. Je vis la peur dans son regard, la nervosité dans ses doigts, elle sortit fumer une cigarette. Alors j'ai bu encore un peu plus. Du rhum sucré. J'ai souri, pas seulement parce que j'étais enivrée mais parce que j'étais contente, j'avais gagné. Comme dans un jeu de société, j'étais à la case arrivée. Je l'ai prise dans mes bras, ma génitrice, et j'ai dit, *gracias*.

À quelques pas de l'hôtel, la baie de San Sebastián, un fragment d'océan m'attendait. Je voulais nager dans les vagues pour me purifier. Beatriz m'accompagna jusqu'à la plage. Il faisait déjà nuit, plus personne ne se baignait. Je me mis en maillot de bain, frissonnante. Le soleil m'offrait un liseré rose et or dans le lointain. Un ciel de poster. J'ai pénétré, doucement, dans la matrice. Je n'avais pas froid, je me sentais bien et je lâchais de longs sanglots. Une amie, adoptée elle aussi, m'avait soufflé : tu peux hurler sous l'eau. Vas-y, gueule, une fois que t'as plongé.

Personne ne pourra m'entendre dans le sanctuaire de la mère.

Alors je crie, hurle ma revanche. Je ne suis pas partie avec l'eau du bain. Est-ce qu'elle entend la souffrance de l'abandon ? Mes larmes se mélangent au bouillon salé, je ressors, j'éclate de rire sur le sable et je serre mes poings.

Enfin, je célèbre ma victoire.

31

Je ne pensais pas qu'un jour j'enverrais une lettre à ma mère biologique.

Après notre rencontre, je lui ai écrit. Je l'ai remerciée d'avoir accepté la rencontre et je lui ai envoyé un cahier vert, personnalisé avec ses initiales. Le même vert que le blazer qu'elle portait quand je l'ai vue pour la première fois. Un cahier vierge, pour que, si elle était inspirée, si elle en avait envie, elle écrive des histoires que je pourrais lire.

Elle m'a envoyé, elle aussi, un courrier et un bijou. Et elle se servirait du cahier vert, m'a-t-elle dit. Je regarde le bijou, c'est un pendentif. Une croix ancienne en saphirs bleus.

Je la mets sur la chaîne autour de mon cou après l'avoir reçue. Je marche dans Paris et je touche la petite croix du bout des doigts. Je pourrais penser au symbole chrétien, lourd de sens, mais je veux y voir deux chemins qui se croisent enfin, celui de ma lignée et le mien. Deux chemins qui se croisent comme les rues du quartier de l'Opéra. Tout est histoire de déambulation, de big bang. Je peux sentir que mes cellules se remettent en place. On parle de racines, de la nécessité de s'ancrer, mais ce jour-là, je me sens légère comme un oiseau qui s'envole. Je suis libre. Libérée des attaches, d'une dette mystérieuse envers toutes ces parentèles, subies, perdues, ou retrouvées.

Je suis sur la place Colette et je m'installe en terrasse d'un café. J'attends ce nouvel oncle, fraîchement arrivé dans ma vie. Il est venu en touriste à Paris, alors nous en profitons pour boire un café et pourquoi pas, un peu de vin. Il est tendre et affectueux, je vois chez lui la volonté de réparer un passé douloureux sur lequel il n'a pas eu de prise. Il m'offre le récit morcelé du faste évanoui de nos ancêtres à Cuba, des émigrés qui firent fortune dans les distilleries de rhum, de La Havane à la Jamaïque. À mon tour, je convoque mon enfance et l'amène jusqu'au théâtre de la Michodière. Je tairais encore un peu mes rustres parents, ceux qui ne possédaient rien et m'ont tout donné. Je veux les protéger, Julian et Victoria, du jugement trop hâtif sur leurs manquements, leurs maladresses et leur pauvreté, mon seul héritage fut leur amour.

Je reçois quelques jours plus tard un message. Mes deux grandes sœurs sont au courant. Notre mère leur a parlé. Elles m'attendent dans la ville familiale, station balnéaire de l'Atlantique, cité bourgeoise, et catholique, verte et bleue et grise. Elles me disent, on t'attend les bras ouverts. Elles disent, l'année qui commence ne peut être que meilleure puisque tu nous as retrouvées. Elles disent, je voudrais voyager dans le temps et enlacer cette petite fille sur la photo. Elles disent, je ressens un creux dans le cœur que je veux remplir, je veux rattraper le temps perdu. Elles disent, j'ai peur d'être envahissante mais l'attente va être trop longue. Elles disent, je t'embrasse fort.

32

Pour mon voyage vers la ville de ma diabolique conception, j'ai pris toutes les options : première rangée, embarquement prioritaire, option Flex plus. La compagnie est une low cost espagnole, un cadeau accessible.

J'attache ma ceinture, j'ai le cœur serré comme un poing, des cadeaux dans des sacs en plastique et des chocolats fabriqués à Paris. J'ai toujours peur en avion mais le vol est trop court pour picoler ou prendre un calmant, alors je feuillette des tabloïds, seule chose qui peut me tranquilliser pendant un décollage. Je veux annuler pensées et divagations. J'imagine une seconde le crash de l'avion et une possible phrase de faits divers : *une passagère, adoptée, allait rencontrer ses sœurs biologiques pour la première fois.* Il n'y aura pas une turbulence.

Chaque pas m'amenant de l'avion jusqu'à la salle des arrivées est une épreuve. Ma mère biologique et mes deux demi-sœurs m'attendent, elles sont là et je suis terrifiée de ma possible émotion et de la leur. Je ne suis pas préparée aux effusions. Je me recoiffe rapidement, un peu de rouge à lèvres. J'ai choisi ma tenue consciencieusement, mis un peu plus de parfum que d'habitude. Je veux bien présenter. J'ai pensé : et si, jusque-là, j'avais réussi socialement pour être acceptable et acceptée lors de mon retour dans ma famille biologique ? Mes études prestigieuses, l'embourgeoisement, les bonnes manières, mes fils en école privée, ma montre en acier, ma coupe de cheveux à deux cents balles et mon jean Acne, est-ce que tout ça c'était pour être reprise par eux ?

Les portes automatiques de l'aéroport s'ouvrent sur une petite femme, je la reconnais, la génitrice, le point de départ. Elle me paraît très petite soudain. Elle me sourit. Mes deux sœurs sont là aussi. Je les rencontre pour la première fois. Mais je les connaissais bien avant, du temps où j'étais dans l'utérus de notre mère. J'ai pensé : de fœtus à ma naissance, j'ai entendu leurs rires et leurs complaintes de petites filles. Nous avons notre secret nous aussi, il vient du temps de l'innocence.

Elles sont devant moi, timides. Copiant les Anglo-Saxons, je me jette dans leurs bras et les enlace sans réfléchir, c'est ma réponse à l'angoisse de la rencontre. Moi, la revenante, ressuscitée d'entre les morts et les mensonges, je cherche à prouver mon existence à travers le contact physique et ma chaleur, je ne suis plus un fantôme.

Nous marchons sur le parking, je fais rouler ma valise, comme d'habitude, et je ne réalise toujours pas ce qu'il se passe. Elles non plus ? Nous sommes quatre femmes, de quarante à soixante-dix ans, nos physiques sont différents, nos parcours opposés, nos tenues non coordonnées, personne ne pourrait se douter de ce qui se trame et se dénoue entre nous. J'entendrais presque Pedro Almodóvar crier *¡ Corte !* Coupez !

Dans cette ville de bord de mer, à une heure de Bilbao, je fais mes premiers pas sur la terre où j'aurais pu vivre et grandir. Mes sœurs m'ont installée dans l'hôtel le plus élégant, face à la mer et dos au casino. Ce ne sont pas encore les vacances d'été, les surfeurs portent des combinaisons intégrales, la plage est vide. Je dispose mes affaires dans ma chambre pour créer un pré carré indispensable au tsunami d'informations et d'émotions qui m'attend. Je suis en apnée.

Mon séjour est réglé comme celui d'un ministre. Nous allons passer trois jours intenses où chaque instant est programmé. Je suis traitée comme une princesse longtemps absente. De dîners en célébration, je vais siroter du vin blanc, nous nous retrouverons autour de la nourriture ibérique, nos langues se délieront grâce à l'alcool. Je vais découvrir la sororité. Ces deux femmes sont percutantes, intelligentes et sensibles. J'ai pensé :

je suis gâtée. Elles prennent soin de moi et rattrapent en si peu de temps, les soins et les égards que je n'ai pas toujours eus. Elles avaient noté ce que j'aimais boire ou manger, cela me sera servi, offert. Tout n'est que cadeaux, attentions, délicatesse. Et rires. Ils sont gras, sincères. Mes sœurs. Je les veux miennes, je me les approprie parce qu'elles sont fines et drôles. Je les vénère car elles me protègent dès mon arrivée en terre familiale. Le temps n'a pas été perdu, je ne veux rien regretter. Il nous reste encore des choses à vivre.

Je passerai également quelques heures seule à seule avec la génitrice. Une promenade au bord de l'eau et une discussion dans une immuable cafétéria espagnole. Elle me parlera sans discontinuer de sa jeunesse, se désignant comme le mouton noir de sa famille. Entre deux anecdotes, elle me glisse qu'elle m'a laissée vivre. *Te he dejado vivir.* Je pense : on dirait les paroles d'une chanson de Julio Iglesias, la face B d'un de ses hits des années soixante-dix. Je pense cela mais reste interdite. Je me ressers de l'eau pétillante, la plus salée du monde, la Vichy Catalan. Il faut que je puisse avaler ce qu'elle vient de me dire. Elle se rattrape, elle précise qu'elle plaisante. Mais le coup est là, c'est un pieu qui me transperce l'âme. *Je t'ai laissée vivre.* Encore une dette et pas des moindres. Mais techniquement, elle a raison.

La mauvaise graine, ne dit-on pas ? Je voudrais hurler que je ne suis pas ce qu'elle voit. Que je ne veux plus me sentir coupable d'être venue au monde. Je ne dirai rien. Je termine ma dernière gorgée et laisse s'évaporer ma colère.

Au fil du séjour, je rencontre également mes nouveaux neveux et nièces, ces petits sont un bienfait. Les enfants n'ont pas le même agenda que les adultes. Authentiques, ils vivent au temps présent, à la recherche d'une satisfaction permanente. Les regarder et parler avec eux me sauve de l'effondrement et de la pression que je ressens dans mon corps entier : tête, nuque et dos tendus. Le tour d'écrou s'est resserré d'un cran, je ne peux plus m'échapper. J'ai tant voulu savoir, tant désiré trouver que, désormais, je suis présente.

En repartant, c'est à eux que je penserai.

Pas un instant, Victoria et Julian ne quittent mes pensées, mes deux cinglés de parents. Ce voyage loin d'eux m'en rapproche encore plus.

Enregistrez-vous pour votre vol.

Trois jours plus tard, la compagnie aérienne me rappelle que je repars le lendemain. Tout est passé si vite. J'intègre : personne ne mérite ou démérite dans notre histoire. Je suis venue régler mon solde de tout compte. Sans charge, sans compensation. Je vais partir comme la première fois, comme à l'instant de ma naissance. Sans rien demander.

Ce que m'enseigne ce périple aussi court que puissant, c'est à m'accepter. Moi, mon incarnation, mon histoire et ses protagonistes surprises. Grâce à la perspective que m'offre ce retour à l'origine, je viens d'apprendre la profondeur de champ. Je vois ma famille se dessiner. Une famille déréglée, d'abandonnés et de bâtards, mais la mienne, notre minuscule clan avec mes parents, Victoria et Julian.

Le lundi, je fais pour la deuxième fois ce trajet, de cette femme à une autre. Je sais où se trouve ma mère. Elle regarde la télévision en parlant à son chien ou bien elle regarde son chien en parlant à la télévision. Et je sais désormais ce que je dois à ma mère biologique : avoir rencontré Victoria.

33

C'était un soir sans esclandre, un soir comme leur fille les aimait tant.

Le dimanche soir, ils sortaient dîner au restaurant chinois de l'avenue de l'Opéra, celui qui a un étage, de grandes fenêtres avec vue sur la rue, le centre de table qui tourne, le meilleur riz cantonais et le canard laqué le plus luisant du quartier. La famille avait soigné son allure, Victoria s'était maquillée, les paupières violet irisé, plus de parfum que d'habitude. Paris de Yves Saint Laurent, un bouquet de roses pour l'Espagnole. Julian avait laissé son béret à la maison, comme le jour où il avait accompagné sa fille à un concours d'orthographe. La victoire de leur enfant l'avait enorgueilli, celle qui réussirait sa vie parce qu'elle avait toujours vingt sur vingt en dictée.

C'était un soir sans esclandre. Julian avait pris son appareil photo, leur fille faisait le pitre pour son père photographe en levant haut ses baguettes qui ne tenaient qu'un seul grain de riz. L'enfant avait fait le pari de manger son plat grain après grain. Il fallait savourer l'instant, chaque petit pois, chaque minuscule dé de porc. Elle laissait la saveur salée ouvrir ses papilles, pour que la salive fasse son œuvre sur les aliments, que chaque bouchée soit un délice. Maria savait qu'elle devait déguster ce moment-là, dans la chaleur du chic restaurant chinois de l'avenue de l'Opéra, leur coquetterie à tous les trois, le pourboire généreux de Julian. Ça la rendait fière qu'il soit grand prince, qu'il paie avec ses billets de banque lisses, comme repassés, qu'il sortait de sa poche avec un geste précis de la main.

Il restera de ce soir sans esclandre une photo encadrée sur laquelle on les voit posant, le père la mère et l'enfant. Le serveur en tenue noire et blanche s'est appliqué, il a bien cadré leur trio sans oublier d'enclencher le flash. Il a appuyé sur le bouton et depuis, ce cliché de la famille heureuse existe. Les sourires sincères sous verre, dans un cadre, à la cave mais aussi, au creux de leur mémoire.

C'est notre histoire.

Épilogue

Je suis née de l'ombre d'une femme.

On pourra dire de moi que je suis une bâtarde.

Je suis née de l'ombre d'une femme, son secret bien gardé par une suture habile.

Ma mère s'est confessée : je suis la mère de la femme dans l'ombre. Elle m'a désignée et elle a dit : c'est elle et elle est là.

Elle a reconnu le fruit pourri au pied de l'arbre généalogique.

Du tronc imposant, il est resté une minuscule écharde. Elle s'est glissée sous l'ongle de l'index de ma main droite. Le doigt qui tape le plus sur le clavier de mon ordinateur. Infime éclat de bois, glissé entre la matrice de la griffe et la peau fine. Cette subtile douleur me signifie que je suis là et que j'existe dans ce demi-monde. Je veux porter ma chevalière effacée, reprendre conscience de mon existence.

J'inventerai mon histoire, car *Les gens de Bilbao naissent où ils veulent*, dit le dicton. Ils soulèvent des pierres, ils tronçonnent des arbres, ils sont plus forts que les actes de naissance, les Basques.

Je serai ce que je veux devenir. Je serai romanesque, je serai ce que j'écris. J'écrirai ce que j'étais.

Dans ma nuit blanche, je me droguerai et je verrai mon futur. Je prendrai dans mes bras la femme qui me fit naître de l'ombre et lui pardonnerai ma nuit noire. Grâce à mes recherches minutieuses, historienne du vide, je signerai la biographie de référence sur ma non-vie, sur mes possibles existences et mon royaume fracturé. Avant la fin, je serai couronnée, la bouche pleine de brioche, j'étoufferai. Mes oreilles saigneront des acouphènes du succès. Je serai reine, moi la femme née de l'ombre.

Les étoiles scintilleront, et je ne disparaîtrai pas.

Remerciements

Merci à mes familles d'adoption, de lait et de sang.

Merci à Milly La Delfa, celle qui a déclenché l'écriture de ce livre.

Merci à Chloé Delaume de m'avoir poussée à continuer.

Merci à Stéphanie Carreras, *mi estrella.*

Merci à mon éditrice, Chloé Deschamps, *Dios*, quelle bonne idée j'ai eue de courir après toi et te héler dans la rue. Je le referai.

Merci à Olivier Nora, pour le cœur qui palpite encore sur la table.

Merci à Olivia de Dieuleveult d'être partie en croisade pour moi avec fougue et bonté.

Toute ma gratitude à mes amies Marina Benitez Lazzarotto, Claire Bodechon, Catherine Charrier, Flavie Doubesky, Camille Lagache, Judith Margolin, Sophie Mas, Ève Mignot, Purificación Ortiz Garcia, Chloé Nataf, Midori Zaidan & Rebecca Zlotowski.

Merci à l'école Les Mots et à Camille de Peretti, Brigitte Kernel & Anne Pauly.

Merci à Richard Gaitet et son Bookmakers qui m'ont guidée pendant mes errances.

Mon affection à mes amis adoptés. Souvenez-vous : nous sommes libres.

CRÉDITS

Page 11 : « Alive », paroles d'Eddie Vedder, sur l'album *Ten* de Pearl Jam. 1991 Sony Music Entertainment Inc.

Pages 42 et 189 : Le terme de « grappe humaine » est tiré d'un article d'Alain Bergala au sujet du cinéma de Maurice Pialat dans les *Cahiers du cinéma* numéro 576, février 2003.

Page 115 : *Le Portrait de Dorian Gray*, Oscar Wilde, traduit par Jean Gattégno, Gallimard, 1992.

Page 119 : extrait de *The Shining*, film de Stanley Kubrick, Warner Bros, 1980, adapté du roman de Stephen King.

Page 151 : *Txoria txori* est un poème écrit par Joxean Artze. Ce poème était un acte de résistance contre l'interdiction faite par le régime franquiste d'utiliser la langue basque, il était imprimé sur les serviettes d'un restaurant de San Sebastian vers 1968. Mikel Laboa le mit en musique. Joan Baez interpréta le poème lors d'un concert donné dans les arènes de Bilbao, Vista Alegre, en décembre 1988.

Cet ouvrage a été achevé d'imprimer
sur Roto-Page par l'Imprimerie Floch à Mayenne
pour le compte des éditions Grasset
en octobre 2022.

Mise en pages
PCA 44400 Rezé

N° d'édition : 22655 – N° d'impression : 101327
Première édition, dépôt légal : août 2022
Nouveau tirage, dépôt légal : octobre 2022
Imprimé en France